氷柱の声

くどうれいん

講談社

目次

氷柱の声

滝の絵（二〇一一）

白い絵の具の上にさらに白を重ねながら息を、す、と止めて筆を走らせる。二〇一一年、二月のおわりのことだった。岩手県立盛岡大鵬高等学校の木の匂いのする美術室に一人で籠り、黙々と白に白を重ねる。私は高校二年生で、学年が上がった次の夏には最後の絵画コンクールが迫っていた。キャンバスには大きな滝の絵を描いていた。不動の滝という八幡平《はちまんたい》市の祖母の家の近くにある滝の絵を、どうしても描き残したいと思ったのだった。キャンバスの横に並べば自分の腰より太い水しぶきは描き足すほどに愛着がわく。一時間くらいして下校のチャイムが鳴ると、かたたたた。乾いた音を立てて美術室の扉が開いた。

「また太くなったなあ」

入ってきた顧問のみかちゃんは絵を見て腕を組みながら言う。みかちゃんはビビッドピンクのフリースを着ていて、今日は巻き髪をきれいにハーフアップにしている。

「だって太いんですよ、ほんものは、ほら」

携帯の画面を開いて不動の滝の写真を表示して見せようとすると、もう百回見たっちゅうの、と言いみかちゃんは見ようとしなかった。

「伊智花《いちか》の絵って、とにかく勢いがあるよ。見てるだけでつめたい滝の水がこっちに飛んでくるっていうかさ。その勢いで炎とかも描いてみたら。いま寒いからさ。暖をとれるような絵っちゅうか」

「描きませんよ。滝。納得いくように描けるまでは滝です」

おーこわ。暖房とまるし風邪ひくからもう帰んな。と言い、チョコレートをひとつ机に置いてみかちゃんは職員室に戻って行った。納得いくように、と、咄嗟《とっさ》に言ってしまった。納得いくように描きたいんだな、私は。と思う。不動の滝が好きだった祖母が、夏に亡くなった。両親が共働きで、小学校のころは放課後をほとんど一緒に過ごしていたからとてもショックだった。不動の滝の大好きな祖母に捧げるような気持ちで、祖母と対話をしているような気持ちで、私は夢中で滝を描いていた。去年の全国コンクールは北上川の絵を描いて優秀賞。上位の三人は私よりも一学年上だったから、実質、同学年の中では一番最優秀賞に近いところにいる自負があった。

納得がいく滝を描けるようになるまで、半年かかった。その間に、震災が起きて岩手県はめちゃくちゃになった。

二〇一一年三月十一日。私は課外学習がちょうど休みで、盛岡にある自宅にいた。遅く起きて、午後一時頃に袋ラーメンを作って食べ、どんぶりも片づけずそのままテレビを見ていた。ごごご、と音がして、それからすぐに揺れた。摑んだ肩を揺らされているような、ぐわり、ぐわりと円を描くような揺れだった。咄嗟に居間に飾ってあった大皿が割れてしまうと思い、寝かせる。ぷちん、とテレビが消える音がした。それから食器棚を押さえていたけれど、あまりにも普通ではない揺れだったので食卓の下に潜った。避難訓練って意味あるんだ、と、妙に冷静に思う。頭では必死に冷静なことを思っても、鼓動が耳のそばでばくばくと聞こえた。揺れが収まった後もしばらくどきどきして、「大丈夫大丈夫」と独り言を繰り返した。テレビもつかないし、部屋のラジオは有線のものだが、スイッチを入れてもつかなかった。無線のラジオ、どこにあったんだっけ。停電か、それともブレーカーが落ちたのか？　うちだけが停電なのだろうか。もしかしたらご近所さんと話ができるかもしれないと思う。また揺れたらどうしようと思いつつ外へ出ると、お隣の家のおじいさんとおばあさんが二人で薄着のまま玄関の階段に並んで座って空を眺めていた。駆け寄って「すごかったですね、揺れ」と、思わず話しかける。「めったにあることでねえよ」と、おじいさんが言って、また二人で空を見上げた。私もつられて見上げると、風もないのに電線がまだゆあんゆあんと揺れている。携帯を開くと震度五以上と表示されたので「震度、五以上だそうです」と伝えると、「んだべねえ」とおばあさんがしみじみと言った。家の中に戻ったら、母から電話がきた。

「伊智花、怪我はなかった? そう。大丈夫だからね、大丈夫。しっかりしないとね。家に伊智花がいて助かったよ。頼りにしてる。もし行けそうなら買い物に行ってくれる?」

母の大丈夫、は私に言っているのではなく、自分に言い聞かせているようだった。水道と電気が止まった。結局停電だったのだ。ガスはプロパンのところはいつも通りだったらしいけれど、我が家はオール電化だったので、あらゆる家電や暖房が使えなくなった。病院勤めの母はなかなか職場から帰ってこず、水道会社に勤めていた父もてんやわんやのようだった。母から頼まれた買い物はガスボンベだったが(IHだったので卓上コンロを使うほかないのだった)、電池やカップ麺も買っておいた方がよさそうだと思い近くのホームセンターに行くと、長蛇の列ができていた。いつも庭いじりをするおばあさんか、農作業のおじいさんが数人いるくらいのところだったのに。こんなに人がこの街にいたのかと思うほどたくさんの人が並んでいて、皆、どこか目がぎらぎらしていた。停電していた暗いホームセンターの中で、ボンベの売り場は【おひとりさま一点かぎり】と赤字で走り書きをした張り紙がしてある。残り数個になったボンベの一つを手に取って、あとはカップ麺の売り場に売れ残っていた知らないメーカーのカップそうめんをふたつと、いるかどうかわからないけれど、みんなが買っていたポリタンクも持って並んだ。店員はリモコンのようなアナログなレジ機能のある手元の機器で、ひとつひとつ商品を読み取り、出てきたレシートを切って丁寧に渡していた。すごいと思った。あんなに揺れたのに、一時間たたないうちにこの人たちはレジに立って、できるかぎりで仕事をしている。仕事って、そういうものなのだろうか。みんな家や家族が心配ではないのだろうか。社会人ってすごい。すごいし、なるのはこわい、と思う。店員の「ありがとうございました!」という明るい声がこわいくらいによく響く。何分間かに一歩ずつ前に詰めて並んでいると、

「どんだけ時間かかんだよ」

と、聞こえた。店内BGMも停電で止まっていて、ゆっくり進む列の、買い物かごとポリタンクがこすれる、ぽこん、ぽかん、という静かな音の中で、その声は嫌に響いた。ふたつまえに並んでいる中年夫婦の、夫の方が発した声のようだった。かごのなかにはボンベが四つ。おひとりさま一点なのだから、夫婦だとしても二点のはずだった。怒りが込み上げてきた。こんな時にどうしてここまで自分のことだけを考えたはしたない行為ができるのだろう。そう思って、はっとした。きまりを破って他人を蹴落としても自

分のガスボンベを手に入れないといけないほど、サバイバルなことが、いま、起きているのか？

「レジが動かず手元の端末でお会計をしておりますので、お時間いただいております！」

と、レジの中年女性が、きわめて明るい声で叫んだ。

「んだ！　ゆっくりでいいんだぞお。だありゃ、死ぬわけでねえんだから」

と、真後ろから声がして、振り返るといつもこのホームセンターを使っているのであろう、高齢男性の声だった。ほっとすると同時に、ガスボンベをたくさん買い込んでいる中年夫婦のぎらぎらした目を思うと、ほっとしている場合ではない、という気もした。

水道は二日止まって復旧し、電気は三日目のお昼前には復旧した。すぐにテレビをつけると、そこに流れたのは真っ黒い波がいくつもの家を飲み込む映像だった。うそじゃん。と声が出た。CGか、映画かと思った。波があまりに大きくて、遠近感がよくわからない映像だった。切り替わって、避難所からの映像。たくさんの避難者が画用紙を持って、座り、中腰になり、立ち、つまさき立ちをし、集合写真を撮るように並んで画用紙をカメラに向けていた。そこには名前が書かれていた。「〇〇一家、全員無事です」「お父さんと長男は無事です、長女の〇〇、もしどこかの避難所にいるなら、連絡をください」「○○さん、どこですか、必ず、会いましょう」。みな、妙に力強い顔をしていた。絶対に大丈夫だ、と、そう思わないと居られないような気迫があった。ホームセンターのおじいさんは「だありゃ、死ぬわけでねえんだから」と言っていたけれど、そんなのうそだった。私はまたあの中年夫婦のするどく濡れたまなざしのことを思い出した。

学校は、しばらく休校になった。携帯には「盛岡エリアの生理用品・古着などの寄付先一覧」「福島の放射能が岩手まで、イソジンを飲め」「たくさんの死体が流れる映像はコチラ←」「【また】モデル◇◇、がれきをバックにピースサイン」「被災者を応援するメッセージを募集しています」「被災地のボランティアを装ったレイプ魔に注意」「予測されていた!? 地震雲の画像」「絆を強く! 絶対大丈夫だからみんなを信じよう」「◆募金詐欺に気を付けて◆」などとさまざまなチェーンメールが回ってきて、「根拠のない情報を拡散するのはやめましょう」というチェーンメールも来たので、私はそれだけを回した。予想外に延長された春休みは妙な居心地の悪さがあった。テレビはACの同じCMばかりで、ニュースは毎日のように犠牲者の人数や、救助活動の様子を伝えた。

四月末、新学期がようやく始まった。制服の学年章を三年生のものに付け替えて、新しい教室に足を踏み入れた。新しいクラスのうち、ふたりが欠席していた。実家が沿岸で、片付けなどの手伝いをしていると担任は言った。私は美術室に通う毎日を再開した。美術部は幽霊部員がほとんどで、コンクール四ヵ月前の部室でキャンバスに向かう部員は私だけだ。木の匂いと、すこしだけニスの匂いがする美術室にいると、気持ちが研ぎ澄まされていくのがわかった。使い古されたイーゼルを立たせて、両腕をいっぱい伸ばしてキャンバスを置く。私は改めて、集大成の滝を描こうと思った。不動の滝の写真を携帯に表示して、じっと眺めて、閉じる。大きく息を吸って、アタリの線を描き始める。自分のからだのなかに一本の太い滝を流すような、絵のなかの音を描きだすような、豪快で、繊細な不動の滝で、必ず賞を獲りたい。獲る。描きたすほどに、今までの中でいちばん立体的な滝になっていく。


七月のある日、顧問のみかちゃんが一枚のプリントを持ってきた。

「やる気、ある？」

みかちゃんは、懇願のような謝罪のような何とも複雑な表情をしていた。そのプリントには〈♧絵画で被災地に届けよう、絆のメッセージ♧　〜がんばろう岩手〜〉と書いてある。

「これは」

「教育委員会がらみの連盟のほうでそういう取り組みがあるみたいで、高校生や中学生の油絵描く子たちに声かけてるんだって。伊智花、中学の時に賞獲ってるでしょう。その時審査員だった連盟の人が、伊智花に名指しでぜひ描かないかって学校に連絡があって」

「はあ」

「県民会館で飾って貰えるらしいし、画集にして被災地にも送るんだって」

「被災地に、絵を？」

「そう」

「絆って、なんなんですかね。テレビもそればっかりじゃないですか」

「支え合うってこと、っていうか」

「本当に大変な思いをした人に、ちょっと電気が止まったくらいのわたしが『応援』なんて、なにをすればいいのかわかんないですよ」

「そうだね、むずかしい。でも絵を描ける伊智花だからこそ、絵の力を信じている伊智花だからこそできることでもあるんじゃないか、って、わたしは思ったりもするのよ」

「じゃあ、何を描けば」

「鳥とか、空とか、花とか、心が安らぐような、夢を抱けるような、希望や絆があって前向きなもの、って、連盟の人は言ってた」

「……描いた方がいいですか」

「描いた方が、いろいろと、いいと思う、かな」

それから私は不動の滝の絵を描きながら、〈心が安らぐような、夢を抱けるような、希望や絆があって前向きなもの〉のことを考えた。虹や、双葉が芽吹くようなものは、いくらなんでも「希望っぽすぎる」と思ってやめた。そもそも、内陸でほとんど被害を受けていない私が何を描くのもとても失礼な気がした。考えて、考えて、結局締切ぎりぎりになって、通学の道中にあるニセアカシアの白い花が降る絵を描いた。その大樹のニセアカシアは、毎年本当に雪のように降る。あまりの花の多さに、花が降るたびに顔をあげてしまう。顔をあげるから前向きな絵、と思ったが、花が散るのは不謹慎だろうか、と描きながら思って、まぶしい光の線を描き足し、タイトルを「顔をあげて」とした。みかちゃんは「これは、すごいわ」と言ってその絵を出展した。私の絵は集められた絵画の作品集の表紙になった。その作品集が被災地に届けられ、県民会館で作品展が開かれるとなったら新聞社が学校まで取材に来た。

「〈顔をあげて〉このタイトルに込めた思いはなんですか？」

と、若い女性の記者はまぶしい笑顔で言う。あ。絵じゃないんだ。と思った。枝葉のディテールや、影の描き方や、見上げるような構図のことじゃないんだ。時間がない中で、結構頑張って描いたのにな。取材に緊張してこわばるからだから、力がすいっと抜けていく感覚がした。この人たちは、絵ではなくて、被災地に向けてメッセージを届けようとする高校生によろこんでいるんだ。そう思ったら胃の底がぐっと低くなって、からだにずっしりとした重力がかかっているような気がしてきた。記者はいますぐ走り書きができるようにペンを構えて、期待を湛えてこちらを見ている。

「申し訳ない、というきもちです。わたしはすこしライフラインが止まったくらいで、たくさんのものを失った人に対して、絆なんて、がんばろうなんて、言えないです」

記者は「ンなるほど、」と言ってから、しばらくペンを親指の腹と人差し指の腹でくにくに触り、それから表紙の絵を掲げるようにして見て、言った。

「うーん。でも、この絵を見ると元気が湧いてきて、明るい気持ちになって、頑張ろうって思えると思うんですよ。この絵を見た人にどんな思いを届けたいですか？」

「そういうふうに、思ってもらえたら、うれしいですけど」

私は、早く終わってほしい、と、それればかり考えていた。描かなければよかったと、そう思った。そのあと、沿岸での思い出はあるか、将来は画家になりたいのかどうかなど聞かれて、私はそのほとんどを「いえ、とくに」と答えた。そばにいたみかちゃんは手元のファイルに目線を落として、私のほうを見ようとしなかった。記者が来週までには掲載されますので、と言いながら帰って行って、私は、みかちゃんとふたりになった。深く息を吐き、吸い、「描かなければよかったです」と、まさに言おうとしたそのとき、

「このさ、見上げるような構図。木のてっぺんから地面まで平等に、花が降っているところがすごい迫力なんだよね。光の線も、やりすぎじゃないのにちゃんと光として見える、控えめなのに力強くてさ。伊智花の絵はすごいよ。すごい」

と、みかちゃんはしみじみ言った。

「そう、なんですよ。がんばりました」

と答えて、それが涙声になっているのが分かって、お手洗いへ駆け込んで泣いた。悔しいよりも、うれしいが来た。私はこの絵を見た人に、そう言われたかったのだ。

それからの一ヵ月間、私は不動の滝の絵を力いっぱい描いた。同級生や親戚から「新聞見たよ」と連絡が来て、そのたびに私は滝の絵に没頭した。

〈この絵を見て元気が湧いたり、明るい気持ちになって、頑張ろうって思ってもらえたらうれしいです。と、加藤伊智花（いちか）さん（盛岡大鵬高等学校三年）は笑顔を見せた。〉

と、その記事には書かれていた。ニセアカシアの絵のことを考えるとからだも頭も重くなるから、私は滝の絵に没頭した。光をはらんだ水しぶきに筆を重ねるごとに、それはほとばしる怒りであるような心地がした。流れろ。流れろ。流れろ。念じるように水の動きを描き加える。この心につかえる黒い靄《もや》をすべて押し流すように、真っ白な光を、水を、描き足した。亡くなった祖母のことや賞のことは、もはや頭になかった。私は気持ちを真っ白に塗りなおすように、絵の前に向かった。

描き終えて、キャンバスの前に仁王立ちする。深緑の森を真っ二つに割るように、強く美しい不動の滝が、目の前に現れていた。滝だった。私が今までに描いたすべての絵の中でいちばん力強い絵だった。「怒濤」と名付けて、出展した。

高校生活最後のコンクールは昨年の優秀賞よりもワンランク下がって、優良賞だった。私よりもどう見ても画力のある他校の一年生の描いた校舎の窓の絵や、着実に技術を伸ばした同学年の猫の絵が、上位に食い込んでいた。最優秀賞は、私と同じ岩手県の沿岸、大船渡《おおふなと》市の女子生徒のものだった。ごみごみとしてどす黒いがれきの下で、双葉が朝露を湛えて芽吹く絵だった。あまりにも作為的で、写実的とは言いにくいモチーフだった。色使いも、陰影と角材の黒の塗り分けが曖昧で、朝露の水滴の光り方もかなり不自然。

これが最優秀賞。そんなの可笑しいだろうと思った。最優秀賞を受賞した生徒は高い位置にポニーテールをして、肌がこんがり焼けていて、明るそうな人だった。東京で行われた授賞式で、私は初めてその人の顔を見た。

「わたしはあの日、家と母を亡くしました。避難所でしばらく暮らしていて思ったのは『絵を描きたい』という強い思いでした。いまはテニス部だし、しばらく描くことから離れていました。そんなわたしでも、絵を描いている間、わたしはわたしの内側にあるきもちと対話をすることができました。暗いがれきの中で泣いて、怒って、悲しんでいたはずの、どこに向かえばよいかわからなくなっていたわたしは、それでも最後にこの双葉を、気が付いたら、描いていました。こんな栄誉ある賞をいただき、どうしていいのか……」

と、彼女は手元のメモをちらちら見ながら、押し出すようにとぎれとぎれに言った。審査員席に並んでいる六十代くらいの女性は、ハンカチで目元を押さえていた。私も喉の奥がぐっとせりあがってきて、熱くて苦しかった。彼女の言葉には不動の滝を描いていた時の自分とどこか重なるものがある。それなのに、私は、それでも。ああ。やっぱ絵じゃないんだ。と思った。審査されているのは純粋にこの作品ではなく、「この作品を描いた高校生」なのではないか。作品と作者の不遇を紐づけてその感動を評価に加点するならば「特別震災復興賞」という賞でも新設すればよかったのに、とすら思った。「あのお、本当に、こういった、ね、たいへんな、未曾有の、あのお、そういう、事が起きたわけですが。こういった状況の中で、えー、筆を持つことを、うん。あきらめなかった彼女に、審査員一同、希望のひかり、そして絵の持つ力を再認識しました」と、審査員のひとりは言った。その審査員は東京の高校の美術教師だった。震災のことを「あのお、そういう、事が起きた」としか言えないような人が言う「希望のひかり」って、いったい何なのだろう。

無冠の絵となってしまったものの、私は滝の絵をとても気に入っていた。返却された絵を改めて美術室に運び入れ、イーゼルの上にのせる。水面に向かって茂っている深緑色の木々。その闇を分かつような白い滝。目を閉じれば音が聞こえてくるような水しぶき。その絵の上流から下流まで目で三度なぞり、二歩下がってもう一度眺めた。いい絵だ、と思った。どうしてこれがあの絵に負けてしまったのか、本当はまだ納得がいかなかった。

お手洗いから戻ると、下校確認の巡回をしていた世界史の、たしか榊という名の教師がノックもせずに美術室に入ってきて、私の絵を見た。

「CGみてえな絵だな、これ、リアリティがよ。部員が描いたのか?」

私は自分の絵だというのが気恥ずかしくて「そうみたいです」と答えた。

「立派な絵だよな。ちょっと、今このご時世で水がドーンっと押し寄せてきて、おまけにタイトルが『怒濤』ってのは、ちょっときつすぎるけど、俺は意外とこういう絵がすきなんだよ」

榊はキャンバスの下につけていたキャプションの紙の「怒濤」という文字を、人差し指でちろちろちろと弄んでから、イオッシ! 早く帰れよな、と言って、次の見回りへ行った。


榊が出て行ったあと、私はしばらくこの絵に近づくことができなかった。五歩くらい離れた場所から絵を睨んでは、さっき榊が言っていた言葉を何度も頭の中で繰り返した。右足が自然に浮いて、地面について、それを繰り返す。大きな貧乏ゆすりをしている自分がいた。何度も足をあげ、おろす、あげ、おろす。指定靴のスニーカーの底の白いゴムが床につくたびに、きょ、きょ、きょ、と間抜けな音がした。なるほどね。だから、だから私の滝の絵は賞を獲れなかったってことね。私から私が剝《は》がれていく感覚がした。あーあ、そういうことだった。だった。でした。はい。なるほどね。なるほど、なの?

黙ってニセアカシアの絵を描けばよかったんだろうか。心が安らぐような、夢を抱けるような、希望や絆があって前向きなもの。鳥や、花や、空を、描けば。

「この絵を見て元気が湧いたり、明るい気持ちになって、頑張ろうって思ってもらえたらうれしいです」

と、小さく声に出して言う。言って、左足を下げて、助走をつけて絵に向かって走る。迫力のある滝のしぶきに私が近づいていく。蹴とばそう、と思った。こんなもの、こんなものこんなもの！　私は思い切り右足を後ろに振り上げて、その反動を使って勢いよく蹴った。いや、蹴ろうとした。「んら！」と、声が出た。しかし私は絵を蹴ることができなかった。咄嗟に的をずらし、イーゼルを蹴った。蹴り上げられたイーゼルの左の脚が動いてバランスが崩れ、キャンバスの滝がぐらり、と大きく揺れた。私は倒れ込もうとする滝へ駆け寄った。両手でキャンバスの両端を支えて持ち上げると、イーゼルだけが鋭い音を響かせて床へ倒れた。

吹奏楽部の金管楽器が、ぱほおー、と、さっきから同じ音ばかりを出している。それがそういう練習だと知っていても、間抜けなものだった。夕方の美術室にひとりきり、私は私の滝を抱きしめていた。

Zamboa（二〇一六）

「いっちゃんや」「おお、トーミ」「いきなりなんですが今夜お酒飲みませんか」「いいけど、七時過ぎになるよ」「お、やったあ」「なにかおつまみ買っていこうか」「お、気が利きますね。ふぐすまのお酒です、寫樂《しゃらく》って書いてあるやつ」「え、高いやつじゃんそれ。いいの？」「込み入った事情があって、飲み切らなくちゃいけないんですよ」

「じゃあバイト終わりに寄れる魚屋の手作りの塩辛おいしいからそれと、駅地下でちょっといいポテサラでも買っていくね」「さすが〜いっちゃんおつまみ担当大臣」

　まかせて！　と眉毛のある猫が凛々《りり》しい顔をするスタンプを送り、バイト終わりにすぐに駆け付けようと決める。三月の仙台は寒い。

　トーミは私の二個下の女の子で、同じアパートに住んでいる医学部の大学二年生だ。二〇一六年。私が大学進学で仙台に越してから四年が経っていた。美大に進もうか迷ったけれど、絵を描いて何の職業になるのか、なりたいのか、あまり想像できなかった。美大の試験に合格できる気がしないという弱音を、つぶしが利くかもしれないという理由を盾にして、教育学部のある大学に進学した。北仙台に住み始めて二年が経ったころ、住んでいたアパートのすぐそばのスーパーの青果売り場で話しかけてきたのがトーミだった。

「すみません、あのこれ、食べたことありますか」

グレープフルーツを買おうといくつか手に取って比べていた私にそっと近づいてきたその女性は、右手にやたら大きな柑橘を持っていた。彼女はキューティクルのきれいな黒髪が鎖骨まで伸びていて、大きなパーカーを着て、大きなリュックを背負っていた。

「え、っと。大きいですねこれ、なんでしたっけ、ざぼん？」

「ざぼん！」

たははっ！　彼女は私の目の前でこぼれるように大笑いした。パペット人形が口を開くときのように、ぱかっと笑うのだった。

「ざぼんっ！　ひひ、ああ、すみません。ツボが浅いんですよねわたし。いやでもざぼん、ざぼんてなんですか、妖怪みたい、はは」

「ざぼんじゃなかったでしたっけこれ……ああ、文旦《ぶんたん》って書いてある。買うんですか？」

「いや、なんかでかくて黄色くて興味があるんですけど八百円てそこそこ高いじゃないですか、おいしいですかね」

「ずっと前に祖母と食べたんですけど、味はあんまり覚えていなくって」

「てことはまずくはないってことだ」

「まあ、たぶん……」

「これで皮が分厚くて中身がグレープフルーツくらいちっちゃかったら詐欺ですよね、あはは」

どうしよっかなあ、でも人生やったことないことをどんどんしたほうがいいですよねえ。彼女は独り言を言いながらしげしげと文旦を眺めている。文旦、どんな味だったか。見ていると私も気になってきて、気が付いたら口走っていた。

「じゃあ、うちで食べ比べてみますか。グレープフルーツ、わたし買うんで」

「えっ」

「あ、すいません。気持ち悪いですよね、うちすぐそこだから割ってひと房食べるくらいならすぐできるかもとか、咄嗟に」

「めっちゃうれしい。わたしもすぐそこなんですよ、アパート。すぐそこっていうか、この裏」

「え、三輪ハイツ?」

「そう、三輪ハイツ。てことはじゃあ、いっしょだ」

そうして私は自分の買い物を済ませ、彼女と一緒に私の住む六〇六号室へ帰ったのだった。彼女はトーミと呼ばれていること、私の一つ下の階の五〇二に住んでいること、めっちゃ年上のめっちゃお洒落な彼氏がいる、ということを教えてくれた。私の名前が伊智花であることを伝えると「てことはいっちゃんだ。いっちゃんて呼びますね」と、言った。部屋に飾ってあったシャガールのポストカードを指さして「いっちゃん、美術すきなんだ」と言うので聞いてみると、トーミも美術鑑賞が好きで、先日メゾンエルメスで行われたシャルル・フレジェも行ったばかりだという。結局話が弾んで、夕飯を作ってごちそうした。親子丼を作って食べるその間じゅう文旦は冷蔵庫の上に置いておくだけで大きくて明るくて、おかしな気持ちになった。調べてみると「ザボン」は文旦の異名らしい。包丁で切り分けてみるとふわふわの白い皮が分厚くて、「やっぱり詐欺だ」とトーミは手をたたいて喜んだ。ザボンは少し苦かった。全部食べ終わった後、「あー、はらくっちい」とトーミは言った。聞き覚えた方言だった。もしかして福島出身ではないかと問うと「いわき」とトーミは言った。

トーミとはそれから何回か、私の部屋で夕飯を食べた。学校も年齢も違ったが一緒にいるとなんだか落ち着くのだった。トーミがいいお酒を手に入れたり、私が少し凝った料理を作りたい時など唐突に誘い合った。私もトーミも、おかずの中に入っているパイナップルが大好きだったので、ハンバーグにたくさんパインをのせたやつや、肉とパイナップルしか入っていない酢豚を作るとトーミは喜んで食べた。トーミはお酒をよく飲む。「お酒を飲むと、機関車みたいなかんじがするのがすき」と言っていた。トーミはちょっと変な子だった。

一緒に食事をとるとなるとほとんど私の部屋のキッチンを使うことになったから、トーミの部屋に行くことはとても久しぶりだった。私はバイト終わりに宣言通り魚屋の塩辛と、量り売りの総菜屋でディルの入ったポテトサラダを買う。途中のコンビニで、何かに使えるかもしれないし、とリンゴジュースと板チョコレートも買った。盛岡ほどではないにせよ、仙台の三月はなかなか寒かった。肩を震わせながらトーミの部屋のインターフォンを鳴らすと、トーミは「ようこそお」とドアを開けた。細い廊下を抜けて扉を開くと、そこに広がっていたのは大量の段ボールだった。一畳半ほどのカーペットと、小さなテーブルの他はすべて段ボールだった。服①、服②、服③、書類、キッチン①、キッチン②、帽子・靴、いろいろ①、いろいろ②。走り書きをされた段ボールは三段、四段と積み重なっている。そのすべてにパンダのイラストが描かれてあり、みなこちらを向いて笑顔だ。「パンダこわ」と漏らすとトーミはまた、たははっ！　と笑って言った。

「わたし引っ越すんです明日。だからきょう、最後の夜。ソー、ラスッナァイト」

「えっ」

「帰るんです、ふぐすまぃ」

トーミは照れたように笑っている。どうして黙っていたのかとか、最後なら私ももっと盛大に送り出したかったとか、言いたいことはたくさんあったのに、そもそもそんな仲じゃなかったのかもしれないなと思ったりして、私は「そうかい」とだけ言った。

「実家から送られてきたお酒、もったいないしできるだけ美味しく飲みたくって。みてこれ、風情全然ないですけど」

ムーミンのマグカップとリトルミイのマグカップと寫樂の酒瓶を並べて、食器ぜんぶしまっちゃったんだもん。とトーミは笑った。逆に風情あるよ、と笑い返してポテトサラダを開ける。トーミがそういえば、と廊下へぱたぱた駆けていき文旦を抱えて戻ってきた。

「ザッ、ボォン」

と言い、トーミが腹の前に抱えた文旦を手のひらでぺちん、と叩くので、ばからしくて声をあげて笑った。「買ったの?」「うん、明るいきもちになりたかったから」「じゃあまんなかに置こ」小さなテーブルの真ん中に文旦を置くと、テーブルがうんと狭くなる。すこし蛍光色にも思える文旦の黄色が視界をうるさいほど明るくする。

「ミラーボールみたい」

とトーミは企むように笑い、部屋の電気を消して流し台の小さな蛍光灯だけを灯した。

「あはは、ザボン、べつに蓄光とかじゃないから光んないよ」

「いっちゃん、こういうのは雰囲気が大事なんだ」

「そうか、なんかこわい話するときみたいだね」

「しよう、こわい話」

ううっ、すっごいこわい話があるんだよ、とトーミはわざとらしく身震いして見せた。まずは乾杯ね。私は寫樂をふたつのマグカップに勢いよく注ぐ。暗がりの中で一気に注いだ日本酒は、蛍光灯のひかりを照り返して夜の海のようにきらめいた。乾杯! ふたりでマグカップを小さく合わせる。こち。と鳴る。一口飲んでみると寫樂はとても飲みやすく、すいっと胃を温めた。

「こわい話しますね。いっちゃんに問題です。わたしの本当の名前はなんでしょう」

「本当の名前」と復唱して黙り込む。そういえば私はトーミのフルネームさえ知らないまま二年ほど付き合っていた。みんなが彼女をトーミと呼んでいて、本人もそう呼んでほしいと思っているのであれば、私は特にそれ以上知りたいと思っていなかった。ラインの名前もゆきだるまの絵文字ひとつだけ。トーミの本名。「富子？」と返すと、「ナイスボケ回答」と言い、トーミはぱかっと笑った。

「わたしの名前はね、冬海っていうんです。ふゆみ。冬の海って書いて、冬海」

「へーえ」

いい名前だね、と続けて言おうとした私を遮るように、トーミはマグカップの酒をがぶ、と一口飲んで、深く息を吸って言った。

「ちょー嫌なの！　嫌なんだあ。冬海。いわきのじいちゃんが漁師のせい。うちのお姉ちゃんはアリサで、うちの兄ちゃんはリョウタなのに、最後に生まれたわたしの名前だけ、冬の海。うちの両親がその漁師のじいちゃんのこと結構尊敬してて、海が本当に好きな人だから、孫が三人いたら一人くらいは海の名前でもいいだろう喜ぶだろうってさ、それで冬の海。だっさいわあ。だっさくって、さあ」

はあ。大きく息を吐きながらトーミはマグカップを持っていない左手で目を押さえた。

トーミがこういう顔をするのをはじめて見た。左手の下から見える口は右の口角だけがつりあがって悪いひとのような顔に見えた。いつもは明るいトーミだから、私はその顔を珍しくてセクシーだと思った。

「海沿いに暮らすのをうらやましいって言う人もいるけど、海沿いに暮らすのうらやましいって言う人のこと、わたしはうらやましかったなあ、ずうっと。福島の海ってね、冬でもびっくりするくらい青いの。朝から真っ青な空と鏡みたいに青い太平洋が、ずばーん！　ってね、広がってて。毎日見ているはずなのに毎日思ったよ、ああ、海だって。あまりに大きな海だから、圧倒されてしまって、なんかこう、敵わないなあって毎日思うのね。自分はちっぽけだなあって。東京で生まれた人も、高いビルを見上げながらそう思ったりするかなあ。わたし結局、自分の名前も、海の町も全然好きじゃなかった。震災起きてから、もうまじで」

はあ。また大きく息を吐く。トーミは別に泣いているわけではないようだった。塩辛うまいよ、たべなよ。と言うと、トーミはがばっと顔をあげて塩辛をたべた。「まじだ、んめえ」と言うといつも通りにっこり笑って、トーミは自分のマグカップに酒をとぷとぷ注いで飲んだ。飲みすぎるとよくないんじゃないの、とは言わなかった。トーミはきっと飲みすぎたくて私を呼んだのだと思った。お冷か白湯か用意しようか。と尋ねると、コップがここにあるこれしかねえんですもん。と、トーミはマグカップを掲げてへらへら言った。さっき私が買ってきたリンゴジュースのペットボトルを差し出すと、あーべつに酔ってないんです、とトーミは笑った。

「こわい話。ぜんぜんこわくないんですけど、ぜんぜんこわくないことなのに今までずっと言えなかったのがめっちゃこわい話っていうか。いっちゃん、わたしずっと言えなかったんですよ。傷付いてなかったから。傷付かなきゃって思って一生懸命傷付いてたんですよ。聞いてほしかったんですよ、ほんとは、あの日のこと」

マグカップの酒を一口飲んでから、「『あの日』ってまじで何なんだよって思いますけどね、なんだよ『あの日』って」とトーミはそう付け足してポテトサラダを食べた。


トーミは二〇一一年の三月十一日、中学の卒業式の日に地震に遭った。卒業式は午前で終わって、家族でご飯を食べた後に高台の祖母の家に卒業証書を持っていこうというタイミングで、地面が大きく揺れた。避難警報が鳴ったが、両親の車は家のある海の方向へ走った。祖母の家に行くなら取りに行きたい荷物があったらしい。途中で地元の消防団の人が津波が来るから引き返すように訴えたという。両親はトーミだけを避難所となる高台の小学校に置いていき、そのまま家へ戻った。そのあと、大きな波が来た。波を見たとき、トーミはなんだか現実のような気がせず「あーあ」と思ったという。両親は無事だろうと、なぜか強い確信をもってそう思っていた。トーミはその日避難所で一夜を過ごした。ひとりだけでここに来ており、両親は車で海に向かって行ったことを話すと、家族で避難してきた同級生の両親が祈るような顔をしたらしい。トーミはそれでも、両親が津波に巻き込まれているとは思えなかった。

その夜、たくさんの人が頭を寄せ合ってうすい毛布で眠る避難所の体育館で、トーミは中年の夫婦らしき声を聞いた。

「こういうときに、わたしたちは何をすることもできないね」

「そうだね、俺たちはだれかの髪を切ることしかできない。役に立たないな」

「申し訳ないね、申し訳ない」

「ああ、申し訳ないよ、もう少し待って、できることをやろう」

体育館の外では医師や看護師や教師や自治体職員が夜通しで名簿を整理したり、食料を管理していた。トーミは眠れなかった。大きく膨れ上がった海が恐ろしかったのではなく、自分の親とあまり変わらないような大人が自分のことを「役に立たない」と思うのが恐ろしかった。いい年して役に立たない大人になりたくない。暗い体育館で鉄の梁を目でなぞりながら、トーミは誓った。

翌朝、高台の避難所から見た町のことを、トーミはいまでもたまに夢に見る。朝焼けに照らされた町は、見たことがないかたちをしていた。はじめて、両親はしんだかもしれない、と思った。思ったら肩が、膝が、震えた。しかし、トーミの両親は別の避難所におり無事だった。道路を一つ挟んだ向かいは床上浸水したが、トーミの家は床一つ濡れていなかった。中学の同級生たちのほとんどは、家か、家族か、その両方を失っていた。

数週間後、家の前の道に、トーミは泥まみれになった大きなたれぱんだのぬいぐるみを見つけた。それは同級生のユカが大事にしていたものだとトーミはすぐに分かった。ユカの家はトーミの家よりも二区画ほど海に近かった。それがここまで流されてきたのだ。ユカの家にいくたびにクッションのように抱いたりまくらにしていたのを知っていたトーミは、持ち帰ってそれを洗った。泥まみれのたれぱんだのぬいぐるみは、何度水に浸けても濁った水をぶじゅ、と噴き出した。トーミは手がかじかむまで何度も泥を抜いて、どうにか白くなったぬいぐるみを干した。「たれぱんだのぬいぐるみ、見つけたから洗っておいた」と連絡すると、ユカから返ってきたのは「捨てて」の三文字だった。ユカは父と弟と祖父母を亡くして、家は全壊だった。トーミは、自分のせいだと思った。自分が何も失わなかったからいけないのだと思った。役に立たない大人になりたくない、何も失わなかった自分はせめて傷ついた人を救う職につきたい。トーミは、医師になろうと思った。

進学した高校から自宅までの通学ルートは、立ち入り規制区域を通るしかないような構造になっていた。トーミは毎朝自転車でそこを通った。ある日、午前授業でいつもより早く帰宅しようとその道を行くと、自衛隊がいた。自衛隊の男はトーミを呼び止めて「なにしてるの」と聞いた。トーミは「家に帰るだけです」と答えた。すると、自衛隊の男は目を潤ませて「そうか」と言った。トーミはそのまなざしに本当にうんざりした。自分が家に帰るたったそれだけでだれかが感動してしまう。ここを出よう、と、トーミは思った。

そうして無事医学部に合格して仙台へ進学のため移住した。医学部で勉強しながらも、被災地ボランティアがあればどこへでも駆け付けた。被災地の人と接している間、自分の罪が許されていくような感覚があった。がむしゃらに勉強して、勉強した。同級生たちはみな医者の息子や娘たちだった。同級生に医師を志す理由を問われるたびに、トーミは「お給料がたくさんほしいから」とうそをついた。勉強を進めれば進めるほど、自分は被災者に寄り添う人間になる、役に立つ大人になる、と言い聞かせている自分がいた。それと同時に、徐々に、本当に自分は医師になりたいのだろうか、と自問してくる自分が同居していることに気づいた。何もなりたいものがなかった自分に、震災という大きな物語が覆いかぶさってきて、自分はそこに上手にはまっただけだったのではないかと。

そんな苦悩が大きくトーミを覆い始めていたある日。トーミが教授から呼ばれて研究室へ行くと、長期間の福島の被災地ボランティアの誘いだった。教授はトーミの「被災地で看護師や医師の働きぶりをみて、被災地のためになりたいと思った」という志と勤勉な様子を知っていた。知っていて、激励するつもりで「本当に美しい努力だ」と言った。その瞬間、トーミには何かが割れるような音が確かに聞こえた。トーミは咄嗟に、その教授に「死ね」と言って研究室を飛び出してしまったのだという。

トーミはゆっくりそのすべてを話した。最初は押し出すように勢いをつけて話していたが、次第にいつものトーミの話し方に還っていった。私はそれを、うん、あー。を繰り返しながら、なるべく何も思っていないような顔をするのに努めた。少なくとも、つらかったでしょう、と今のトーミに言ってはいけないような気がした。時々塩辛をポテトサラダにのせて、一緒に食べるとまたうまいよ、うまいね。と言い合いながら、文旦を挟むように座って、私はトーミの話をずっと聞いていた。一通り言い終わると、トーミは立ち上がって、ぐあー。と伸びをしながら声を出した。

「なんか、かえせ、って、突然思っちゃったんですよ」

「かえせ?」

「うん。かえせ。わたしの十代をかえせ、って、思っちゃった。なんていうか、震災が起きてからずっと、人生がマイボールじゃないかんじっていうか。ずっといい子ぶってたんじゃないかって思っちゃったんです。福島出身で、震災が起きて、人のために働こうと思って医師を目指す女。美しい努力、なんですよね、たしかに。もともとかしこくていい子だからわたしはそういうのできちゃうし、無理もなかったんですけど。でも、これからずっと美しい努力の女として生きていくなんて、もしかしたらいちばん汚い生き方かもしれないって思って、思ったらもう、無理かも! って。だから退学したの」

トーミはそう言って、笑顔を作って、立ち上がった。

「それで、それでさいっちゃん。わたし、ニューヨーク、行く」

「ニューヨーク!」

「うん。いっちゃんには言ってなかったけど、わたくし実は英語がちょっとできるんですわ。だから一回福島にみんな荷物置いて、それからニューヨークに行く。五月ごろかな」

そうかそうか、と相槌を打ちながら、私はあまりのトーミらしい唐突さに笑ってしまう。唐突だが、なぜかそういうものとして応援したくなってしまう。トーミには不思議な魅力があるな、と思いながらトーミのマグカップに日本酒を足してやる。

「もうすぐなんだね。じゃあ、留学?」

「そうですね。人のためになろうとしないで、何がしたいかなあって考えたらもっと英語が話せるようになりたいなあって思って。でね。格安で三年間の留学に行ける制度があるんだけど、倍率がすっごく高くて。日本からは四人しか行けないんだけど、全国各地からいろんな場所のいろんな英語できる人が、行きたい気持ちを英作文にするっていう」

「うんうん、それを勝ち取ったってことなんだね?」

「そう! それでわたし、書いてやりました、“FUKUSHIMA”のこと」

トーミは両手をチョキにして顔の横で「“”」のジェスチャーをしながら言った。

「自分がどんな目に遭ったか、どれだけ悲しいことがあったか。英語だったらとても素直に気持ちが書けた。わたしずっと、自分は傷付いてないって思ってたけど、読み返したら結構傷付いてたんだなって思ったよ。家族が全員生きていて、家がぜんぜん大丈夫だったわたしが何を言う資格もないって思ってたけど、わたしは十代を震災に捧げたんだ、二十代は震災を使って行きたいところに行ったっていいじゃないって、思って」

言いながら、トーミは無理矢理に笑っているようだった。なんと返せばいいのかわからず微笑みながら見上げるとトーミは「ね。いっちゃん。トーミ最高、すごいよ、それでいいと思う、って、言って」とトーミは言った。座っている私の横に屈んで、私に顔を近づけたトーミが繰り返す。「ね。言って」。トーミは泣きそうな顔をしていた。切実で、強気で、いとおしかった。

「トーミ最高、すごいよ、それでいいと思う。さみしいけど、良いと思うよ。わたしはトーミの全部の人生をお祝いする。いなくなっちゃうの、さみしいけど！」

私が明るく言うと、トーミは口をむ、と曲げてしばらくその顔を続けた後、大きく開いて「たははは！　いっちゃん、わたしがいなくてさみしいか！」と笑った。トーミは笑いながら文旦を両手で持って、立ちあがって足を肩幅に広げてから、文旦を頭の上まで掲げた。

「ほんとはわたしもさみしくって、いっちゃんには今日の今日まで引っ越すって言えなかったんです！」

トーミが胸を張るように言う。流し台の蛍光灯が後光のように差して間抜けだ。私が笑うと、トーミはそのまま頭の上に掲げた文旦のほうを向いて、顎をすっかりこちらに向けた。大きく息を吸って、吐いて、それを何度か繰り返したあとトーミは真上を向いたまま言った。

「いっちゃん、わたし、これでよかったんだろーか」

小さく、溺れたように声が震えていた。文旦を持ち上げた手も、震えていた。

「わたし、どーしたら、よかったんだろーか」

文旦を持っていた手を下げてこちらを向いたトーミは、口をすっかりひん曲げて嗚咽をこらえ、目からぼろぼろと涙をこぼしていた。私はすぐに立ち上がって、文旦ごとトーミのことを抱きしめた。小刻みにしゃくりあげる肩をなだめるようにとんとんさする。堪え切れずトーミが顔をうずめて抱きしめ返すから、私の首筋にはトーミの熱い涙がぬるぬるした。「とりあえず、ザボンたべようか」と言うと、トーミは私の肩に顎を突き立てながらこくこくとうなずいた。トーミは思ったよりもすぐに泣き止んで、べつに酔ってるわけじゃないんですよ、と言いながら泣きはらした目をこすった。文旦はやはり騙されたように皮が分厚く、けれどひと房が大きくて、剝いて頰張るとほろ苦かった。食べきることができなくて半分は私が持ち帰ることにした。

次の日の午後、トーミは本当に引っ越していった。餞別も何も用意できなくて、結局短い手紙を書いて渡した。震災のことには一切触れず、日本食が恋しくなったらフリーズドライの味噌汁送るよ、とか、向こうの美術館も楽しんで、とか、そういうことばかり書いた。トーミの荷物を載せた引っ越しのトラックには、ばけもののように大きなパンダのイラストが描いてあって、そのパンダがやっぱり笑顔なので小さな声で「パンダこわ」と言って、一人で笑った。半分だけ残された文旦はラップをしてしばらく冷蔵庫の上に置いていた。そこだけコントのように明るくて、トーミがぱかっと笑うのによく似ていた。

「ここのお店、カリブサラダのドレッシングがやみつきになるらしいんだよ」

私はそう言って盾のように大きなメニューをひらく。中鵜《なかう》は「それなら大きめのサラダを頼もうか」と微笑んでくれる。店員がおしぼりと一緒に運んできたカラフェはたくさん汗をかいていて、三切ほどレモンが浮いていた。それをグラスに分けて一口飲みだしたころ、店員が慌てて私たちのテーブルへ来た。

「失礼しました、前、すみません」

ナイフやフォークやスプーンが入っている小さなかごの横に、空のジャム瓶のような手のひらサイズのガラス瓶が置かれている。それを摑んで手元に寄せながら、その瓶に入ったキャンドルに店員はきまり悪そうに火を灯した。ほかのテーブルを見るに、この火は席に着く前には点火してあるべきだったらしい。

「わあ、お誕生日みたい」

私は店員にこのミスをミスだと思っていないことを伝えるために、そしてできれば中鵜にかわいいと思ってもらえるように、炎を見つめながらそう言った。ね。と相槌を促すと中鵜が「ああ」とも「うん」ともつかない短い声を出したので、変な声、と顔をあげると、中鵜は目の前で、感情のどれでもないような顔で放心していた。その顔は昔に海水浴場で見たことがある砂の彫刻と、よく似ていた。

二〇一六年五月。大学の同期である中鵜と交際することになってから二度目の食事だった。中鵜とはもともと大学の講義の取り方が似ていて、レポートの締め切りや試験の前によく話す仲だった。ふたりともあと一年が決まっていて、不足単位のための美術の講義でたまたま隣同士になったとき、中鵜は話しかけてきた。

「伊智花さん、この講義好き?」

「美術は好きだし勉強にはなるけど教授の持論は嫌いだな」

「おれも。さっきから偉そうに語ってるけど、こいつが学校の資金使って一千万で買ったのが〝スズランテープ〟なんだからひどいよ」

まったくだよ、という顔を大げさに作って共感を示す。〝スズランテープ〟というのはこの大学のフリースペースの天井から吊られている全長五メートルくらいの真っ赤なインスタレーションのことだ。なんでもスペインの美術家が震災への鎮魂の思い、日本人の強い精神を炎に見立てて作った作品とのことで、この教授は三回に一回、その作品を学び舎に飾る自分の目利きを自慢するのだった。調べるとふだんは色鮮やかな花が敷き詰められたような絵を描く油絵の画家で、この作品は震災に心が震えて特別に作ったものらしかった。私は、それならいつもの花の絵を描いてもらった方がよかったのにと思った。教授の心酔する「日本人の強い精神」を現したというポイントも、なんとなくきらいだった。とにかくどう見ても赤いスズランテープをかき集めてぺたぺた貼ったようにしか見えない代物だったので、学生たちからは〝スズランテープ〟と呼ばれていた。〝スズランテープ〟は夏と冬、学内の冷暖房が回るようになると、微風にあおられて情けなくはためいた。

「〝スズランテープ〟のこと考えると、この大学にうんざりする」

「まったくだよ《んだからさ》。わたしたちの学費がぴらぴらしてると思うと燃やしたくなる」

「一千万だったらナム・ジュン・パイクのテレビの壁の中の一個くらい買えないのかな。それか土門拳の一枚でも飾ってほしかった」

「え、土門拳好きなの、わたしも」

それから中鵜の車で山形にある土門拳の記念館に一緒に行き、そのまま交際することになった。中鵜は宮城県仙台市の出身で、大学へ実家から通う代わりに車を買ってもらっていた。中鵜は大学の同期だが生年は一九九二年で、写真好きが高じて美大を目指し、一度浪人したらしい。私は試験も受けないまま美大をあきらめた、とは言い出せず、油絵を描いていたことも言わずにいた。

「お飲み物、どうされますか」

先ほどの店員がメモをもってにこやかに近づいてくる。

「この天使の泡っていうのはなんですか」

「ああ、これはちょっと変わっていて、ホワイトビールの泡だけを集めたグラスが来ます」

「へえ、へんなの、わたしそれにしようかな。中鵜は？」

まったく返事がない。中鵜は先ほどから肩をぴくりとも動かさず、じっと赤と白のギンガムチェックのテーブルから視線を逸らさない。同じのにする？　と聞くとちいさく「な」とも「おう」ともつかないような声を発したので、「それ、ふたつ」と注文する。

店員は少しお時間いただきます、と微笑んで立ち去る。

いつも気さくな中鵜から、一瞬ですっかり愛想が失われてしまった。今の数分の間で私はなにか中鵜の気に障るようなことをしただろうか。必死に巻き戻し思い返す。店に入る前に店先の看板を写真に撮ってしまったことがはしたないと思われただろうか。生野菜がそもそも苦手だっただろうか。それとも前の彼女と来たことがあるお店だったとか。中鵜は全くこちらを見なくなり、話さなくなってしまった。中鵜の分厚い眼鏡のレンズにキャンドルの炎が映って、目が炎になった漫画の熱血顔に見えておもしろかったが、おもしろい、とはとても言えなかった。あれこれ考えている間にも、みるみる中鵜の顔から血の気が引いていく。怒る前のような、泣いた後のような、驚いているような、諦めたような。あるいはどの感情でもないような顔だった。

「具合、わるい？」

顔を覗き込むようにして聞いてみると、小さな声で「いや」と言った後、中鵜は顔をぶんぶん振って、両手で頬を挟んで上下にもにもにもに動かしてからようやく私の顔を見てくれた。

「ううん、大丈夫。ごめん」

と中鵜は小さな声で言う。それから深く息を吸って、眉間にしわを寄せて目をぎゅっと閉じたまま手を鼻の前で合わせてまた固まった。失点を防げなかったゴールキーパーがそうするのに似た、祈りのようなポーズだった。ごめん。ってなにが。具合悪くないなら、なに。せっかく来てみたかったイタリアンに来れたのに。私は苛立ちはじめていた。

「天使の泡と、サービスの自家製フォカッチャです」

店員が細長いグラスをふたつと、食べやすい大きさに切られたフォカッチャが五、六個入った丸いかごをテーブルに置いていく。

「お食事はいかがなさいますか」

目の前の中鵜はまだ目を閉じている。すみません、もう少し悩みますね、と困ったように笑って見せると店員はいつでもお声掛けください、と立ち去った。フォカッチャは焼き立てなのか温めなおしたのか少し湯気が立っていて、表面にまぶされた粗い塩の結晶がきらきらしている。中鵜にグラスをひとつ差し出す。中鵜は手を顔の前で合わせて目を閉じたまま、まだすこし眉間にしわを寄せている。

「ねえ、」

なんなのさっきから、と言おうとすると、中鵜が絞り出すように言った。

「ごめん、蠟燭《ろうそく》、だめだ」

目を開けた中鵜は手前のおしぼりを見つめていた。蠟燭ってこれか。テーブルの上のキャンドルの炎は小指の第一関節よりも小さく、かよわく揺れている。瓶を通った炎の明るさが、炎の影となってテーブルクロスをほんの少しだけ照らす。蠟燭がだめ。なにそれ、原始時代の動物みたいなこと言っちゃってさあ、と笑いかけて、やめた。中鵜はそう笑えない顔を、いままでに見たことのないような表情をしていた。

「何、トラウマだった？　元カノとか」

「いや」

「じゃあ、どうして」

「思い出すんだよね、震災」

私ははっとしてテーブルのキャンドルを囲うようにして隠す。「それ以上は、いい。言わなくても」「うん、ごめん」「消そうか？　火」「そのままでいいよ、というか、ごめん、極力見ないから」「いや、消すよ」「だめ、消えるのもちょっと、だめで」「じゃあ隠すよ、ごめん」「謝らなくていいよ、ごめんはこっちだから、いままで言ってなくて」

私は自分の長財布を壁にするようにして立てた。それから私たちは炎を隠した暗いテーブルで、世界で一番覇気のない乾杯をした。天使の泡は思っていた以上にビールの泡だけで、これで六百三十円なんてもったいないことをしたと思った。本当はたくさんのものを食べたいと思っていたけれど、カリブサラダとプロシュートだけ食べてすぐに退店した。このままここにいたら、中鵜は瞳から全身が砂になってしまうのではないかと思って、こわかった。

帰りの地下鉄の中での二十分、あかるい車内でふたりでつり革を握りつつ、中鵜は蠟燭が嫌いになるまでのことを教えてくれた。

中鵜はその時宮城県の内陸にいた。電気が通らない間、ずっと蠟燭を使っていたことを思い出してしまうらしい。誕生日ケーキの蠟燭はぎりぎり大丈夫で、一つだけのちいさい炎が揺れているとだめなのだという。海へ行くのはいままでもいまも好きなのに、蠟燭だけは喉が締め付けられるように苦しくなってしまう。中鵜は誰にも見せずに書いているという自分のブログの、二〇一四年三月の記事をスマートフォンで見せてくれた。

石原都知事が出馬表明をしたニュースを見ていたことを忘れない。母と妹と共に必死に支えたテレビを忘れない。あらゆるものが全部棚から落ちてしまった部屋を忘れない。一斉に外に出てきたマンションの住人の不安そうな顔を忘れない。急に降り出した雪を忘れない。なんにもできないまま暗くなっていく街を忘れない。バイトには行かなかったけれど何にも言われなかったことを忘れない。帰ってこない父を三人で待った夕方の不安な気持ちを忘れない。数時間かけて職場から歩いて帰ってきた父のやつれきった顔を忘れない。鍋で炊いたご飯の焦げたところのおいしさを忘れない。別々の部屋で寝ていた家族がその間だけ同じ場所で眠ったことを忘れない。朝起きて自分の部屋へ行くとぐちゃぐちゃな部屋にフィルムケースが散らばっていて、白い朝陽に照らされて妙に神聖なかんじがしたことを忘れない。その様子を、写真に撮ろうとは思わなかったことを忘れない。街は思ったよりもいつも通りで拍子抜けしたことを忘れない。いつ電気がつくかなって呑気に考えていたことを忘れない。でも海には近付けない臆病さを忘れない。あの時は本当に何にも知らなかったということを忘れない。犠牲者の数が一気に百人単位になった時のラジオパーソナリティの声を忘れない。その時思い浮かべた荒浜の様子を忘れない。怯えて眠れなかった三月十二日を忘れない。夜に電気がつかないからって母親が持ってきた蠟燭、あんなに太かったのに火が小さくて、そのときの心細さを忘れない。消えたら世界も一緒に消えてしまうのではないかと思うと、その火を見ることができなかったことを忘れない。ガソリンスタンドに何時間も並んだことを忘れない。集会所ではじめて見た津波の映像を忘れない。炎で赤く染まる気仙沼を忘れない。救いが欲しくなって小説ばかり読んでいたことを忘れない。妹とスーパーに並んだことを忘れない。買いすぎちゃったカップラーメンのことを忘れない。変な形のポリバケツに水を汲んでマンションの階段を上がったことを忘れない。街のほうは電気が復旧してきたのにうちは暗いままだったことを忘れない。四日経ってやっと沿岸へ自転車で向かったことを忘れない。景色がモノクロに見えたことを忘れない。進むのが怖くて大声で歌いながら全力でペダルを漕いだことを忘れない。段差を走るたびに肩から提げたカメラが跳ねて腰骨を打って、その痛みがやけに心強かったことを忘れない。大きな水たまりに突っ込んだことを忘れない。閖上《ゆりあげ》で自分がどこにいるのかわからなくなったことを忘れない。海沿いの景色を見てすべての記憶が書き換えられるように思ったことを忘れない。農業高校で飼われていた豚が高校から遠く離れた道端で死んでいたことを忘れない。牛は生きていたことを忘れない。全部曲がっていた電信柱を忘れない。堤防の上に立つと右と左で景色が全く違っていたことを忘れない。大好きだった海の見える公園はなくなってしまったことを忘れない。仙台空港からバイパスへ向かう道を逃げるように走ったことを忘れない。あんなに世界を憎いと思った三月十五日を忘れない。光がだんだんと迫ってくるのをマンションの最上階から見たことを忘れない。光が名取川を越えたときの眩しさを忘れない。うちにも光が来てマンションの住人たちとうわーって叫んだことを忘れない。光と同時に水もきたことを忘れない。水も電気で汲みあげるタイプのマンションだと初めて知ったことを忘れない。向かいのガソリンスタンドの長蛇の列を忘れない。道が全部うねってしまった長町商店街を忘れない。出来たばかりのＴＳＵＴＡＹＡが閉店したことを忘れない。離任式が中止になりました、と書かれたメールにバイキンマンが泣いている動く絵文字が付いていたことを忘れない。自分の生活だけで精一杯だったことを忘れない。安置所になったボウリング場を忘れない。瓦礫置き場になった公園を忘れない。四月頭の夜に大きな地震が来たことを忘れない。落ちた大学をもう一度受けることを、もうあきらめていた自分がいたことを忘れない。揺れに「おー」と言いながら、花瓶を押さえて泣きたくなったことを忘れない。部屋があの日と全く同じようにぐちゃぐちゃになったことを忘れない。フィルムはベッドの下に入れたから散らばらなかったけど、写真を貼り付けた大きなコルクボードが壁から外れて大きく傾いていたことを忘れない。それをみて、おれはもう美大には入らないだろうと、やけに納得してしまったことを忘れない。また最初からやり直しかよって思って深く絶望したことを忘れない。本当に辛くなったのはこのあたりだったことを忘れない。一夜明けて電気がついたときの安堵を忘れない。どうにもならなくなって自転車を停めて、喫煙者の中に紛れてファミマの壁に凭《もた》れながら書き殴った文章を忘れない。副流煙の、古いカラオケ屋みたいな、あの重く沈むようなにおいを忘れない。何かしたいという気持ちとは裏腹に何にもできなかった自分の無力さのことを忘れない。あの日の自分が、何にもシャッターを切れなかったことを忘れない。自分に撮れるものは何もなかったことを忘れない。何を言う資格も、何を撮る資格もおれにはなかったことを忘れない。

おれは忘れたくない。いや、忘れてしまうことが怖い。泣きながら自転車を漕いで帰ってきた自分が撮ったたった一枚の写真、どうしてこの写真を撮ったのか忘れてしまったことに気が付いて、忘れないようにいま、覚えていることを全部書いた。忘れてしまったことはもう同じ温度で抱きしめることは出来ない。忘れたことにあとから意味がついたとき、それがドラマチックになってしまうことが、おれは怖い。だから何かを言いたいような気がする。おれはずっと何かを言いたくてたまらないような気がする。でも、いまでも蠟燭を目の前にすると、おれはしゃがみ込むことしかできない。


その記事の締めくくりには写真が一枚添えられていた。仙台のビル群のなかに、「スマイルホテル」の看板がまぶしく光っている写真だった。スマイルマークの部分が、最も光を放っていた。

私はその記事を、とても正直だと思った。「忘れない」と何度も繰り返さないと、握った砂のように指の間から少しずつこぼれて忘れてしまうような焦りはよくわかる。

そして、その記憶を誰にも言えずに書き起こすしかなかったこと、その孤独がとてもよくわかるような気がした。しかし同時に、中鶫のすべての被災を、私はわかることができないこともわかった。蠟燭を前にあんな表情を炙り出してしまう、その心に沈殿した影を他人がすっかり理解することは、やっぱり、できない。その記事の終わりに貼り付けられた、煌々《こうこう》と光るスマイルマークの写真をしばらく眺めた。とても笑えないようなときに撮った写真がスマイルマークであったことに、私はどうしても皮肉な意味を見出してしまうけれど、中鶫はどうしてシャッターを切ったんだろう。太陽と一緒にすっかり暮れてしまう停電の都市に居た数日間、中鶫にはこの明るさが、心底うれしかったのではないか。

「なにも失っていないのにどうしてこんなにも落ち込むのか、自分でもよくわからないんだよね。あ、また落ち込んだな、って考えてはまた落ち込んでさ」

中鶫は困ったように微笑んだ。私はそれを決して繊細さのせいだと思わなかった。何かを失った人間しか、当事者しか起きたことを語る資格はない、と思うきもち。確かに何か言いたいことがあるのに、それを言葉にしてうまく手繰ることができないもどかしさ。綺麗事を言うなと叫ぶ行為そのものが、またひとつの綺麗事になってしまう途方のなさ。いくつもいくつも糸が張り巡らされた場所で、どう歩けばいいのかわからない。

そういう居心地のわるさは、私にも覚えがあった。

「中鵜さ、海行こうよ、こんどの冬。三月」

「え」

「海。石巻とかさ。んで、石巻焼きそば食べて帰ってくるの」

「いいけど、どうしたの」

「思いつきっていうか、勘っていうか。わたしは中鵜と三月に沿岸に行った方がいいような気がする」

「じゃあ、とりあえず冬までは喧嘩して別れたりしないようにがんばろう」

なんだそれ。小突くと中鵜がようやくいつもと同じように笑ってくれた。私は、私の好きな人には笑っていてほしい。初夏の夜、地下鉄を降りて北仙台駅から出ると夜空が青色にあかるくて、まるで海底から見上げているような心地がした。中鵜と手をつないで帰る。中鵜の指は細いのにごつごつしていて、つめたかった。

エスカレーター（二〇一六）

「トゥーさん」

　ショーケースの内側で小原が私を呼ぶ。そんなふうに私を呼ぶのは小原だけである。新しいバイトで小原が入ってきた日「加藤だからトゥーさんですね！」と言われたのだった。それからずっと小原は私を「トゥーさん」と呼ぶ。

「トゥーさん、ひまなんですけど。きょう全然人来なくないですか？」

　たしかに、九月の昼過ぎの百貨店の地下の総菜売り場は、いつにも増して人がいない。小原は背伸びしてフロアの端から端まで客がいないかと見渡している。小原は背が小さい。私たちの働いているコロッケ屋は制服としてコック帽をかぶるのだが、小原がコック帽をかぶると身体の三分の一がコック帽に見える。小原は相当退屈らしく、円柱状の湯葉の揚げ物をトングで動かし、器用にジェンガの形に積み上げようとしている。

「崩れて欠けたら店長に怒られるよ」

「だいじょぶですよ、これほとんど売れないと思うし」

「美味しいんだけどね」

「トゥーさん食べたことあるんですか」

「あるよ、いいでしょ」

いいないいいな。小原は唇を尖らせる。最初はなんて厚かましい年下だろうと思ったが、何度かシフトに一緒に入っているうちに、すっかり気を許してしまった。小原はちょっとずけずけしているが、客への愛嬌が満点で、なにより仕事が良くできた。

「ひまひまひま。ねえトゥーさんなんでこんなに人いないんですかね。地下のうちらが知らないだけで、地上でなんかとんでもないことが起きたりしてるのかな」

「とんでもないこと？」

「大爆発が起きて全員死んでるとか」

「本当にとんでもないじゃん」

「あはは。でもそのくらいなんか、こんなに人がいないと不気味じゃないですか。こんなにしんとしてるの、あの時くらいかも、あのー」

小原は長いトングで空中にくるくる円を描き、そのトングを私に向けた。

「あれだ。震災。の、黙とう」

「黙とう」

「うん。トゥーさんサンイチイチにシフト入ったことないですか。わたしバイトはじめてすぐだったんですけどすごかったですよ。館内放送で『それじゃあ黙とうするね、せーの』みたいなの流れて、それからの一分間。やとわれパートも、館《やかた》のひとも、お客さんも。ギャルも外国の人もおじいちゃんもおばあちゃんも家族連れも、みんなその場に固まって、目をつぶって。わたし、そわそわしてこっそり目を開けて顔も上げちゃったんですけど、全員ちゃんと目、つぶってました。わたしが泥棒だったらいまの隙にカートからお財布取れるなとか思っちゃうくらいみんな集中してたんですよ」

「そうなんだ」

「館内放送もないから、エスカレーターの音だけがみょいんみょいんみょいん、ってずっと聞こえて。人はだれも動いていないのに、のぼりのエスカレーターだけは止まらずに何かを上に運ぼうとしてるんですよ、ずっと。みょいんみょいんみょいんみょいん。って。わたし、なんかそれみたらもしかしてこのエスカレーター、このビル突き抜けて空も大気圏も突き抜けてどんどん上まで運んで、天国までつながってるんじゃね？って思ったんですよね。あ、トゥーさんいまわたしのこと『へんなやつ』って思ったでしょ」

石巻（二〇一七）

二〇一七年三月四日。私は約束通り、中鶫と海に来ていた。正確に言うと、二時ごろ石巻に到着してからまだ海は見ておらず、遅めのお昼の石巻焼きそばを食べるために、古ぼけた店へ入ったばかりである。中鶫が石巻焼きそばなら必ずこの店だと言うので、言われた通りについていく。縄暖簾《なわのれん》を潜ると私たちは小上がりの茣蓙《ござ》の席へ通された。石巻焼きそば、ふたつ。大盛じゃなくって大丈夫です、と中鶫はメニューも見ずに言った。腰の曲がった店の高齢女性は「大盛だと食べきれねえってかあ、そんなんじゃますますがりがりになるぞお」と中鶫をからかった。もとは真っ赤だったのだろうテーブルはすっかり日に焼けてあせた色だ。出されたお冷のコップは少し汚れていて、置かれているティッシュの箱にも謎の茶色い染みがある。壁には色あせていたり破れかかっている色画用紙のメニュー札がべたべた貼られていて、それをかき分けるように、くすんだ知らない力士の色紙と、比較的新しい、地元のテレビ局のアナウンサーの色紙があった。私は店内をゆっくりと見まわしてから、小さな声で「すごいね、ぜったいおいしそうなお店じゃん」と言った。中鶫は、でしょう、といたずらっ子のように笑った。

「ここのお店、何年か前に来たときに入って、おれ、こんなにうまいものなのかと思ってそれから数ヵ月は普通の焼きそば食べるのやめちゃったんだ」

「石巻焼きそばって横手焼きそばとかと何が違うの」

「麺が薄黄色い中華麺じゃなくて、もとから茶色い麺なんだよ。あと、蒸すときにだし汁入れてるのと、ソースは食べる直前なの」

へえ。感心しているうちに、早くも運ばれてくる。B級グルメと思って想像するよりも汁気の少ない麺に、黄身がほとんど生の状態の目玉焼きがのせられている。

「これだあこれこれ」

中鶉がぱんっ！　と両手を合わせていただきますをし、躊躇なく目玉焼きを割って、豪快に口へ運ぶ。私は中鶉がジャンクフードを食べるとき、ジャンクフードの作法とでもいうように、豪快に食べるところがすきだ。まねて食べてみると、おいしい。想像しているよりもずっと上品で、やさしい味がした。

「たしかにおいしいね、これ。ビール飲みたい！　っていうより、つめたい麦茶ごくごく飲みたくなるかんじ」

「伊智花はわかってるねえ。家庭用の石巻焼きそばもあるんだけど、お店で食べるものにはやっぱりかなわないよ」

私たちはそのあと、時々目を合わせながらも、ほとんど無言で完食した。ふたりとも、おいしいものはだらだら食べず、なるべくおいしいうちに食べきってしまいたいのだ。お会計を済ませて外に出ると、いやあ、おいしかった！　の「いやあ」という声が重なったので笑った。息を吸うと、まだ雪の解け切らない冷たい空気が流れ込んで、ほんの少し潮の匂いがした。

「さあ、海に行きましょう！」

と私が意気込むと、その前に行っておきたい雑貨屋があるから行ってもいいかと中鶫が言う。私は夕暮れの、ピンク色とも紫色ともつかない空に染まった海がとても好きで、それが見たかった。だから正直、一刻も早く海へ行きたかったが、そのあとでは雑貨屋が閉店してしまうようなので、しぶしぶ承諾した。雑貨屋は工芸品も扱うような、単価が高いが良い品物ばかりをそろえている、格式高い店だった。藁《わら》でできた鍋敷き、檜のつみき、真鍮のスプーン、箒草《ほうきぎ》で編まれた卓上ほうき、漆塗りの小物入れ。広い店内だが、品数はそんなに多くない。私は早く海が見たくてはや足であっという間に回りきってしまう。確かに美しく、気品にあふれる品々だったが、値札を見なくても高額であることはわかる。要るかどうかと言われると、要らないのもわかる。店内から見える空が薄紫色になり始めているのがわかり、私はやきもきした。夕暮れの海が見たいのだった。

中鵜は一歩一歩に立ち止まり、しげしげ眺めてはポップをじっくり読んだりしていた。特に、秋田県産だという木べらの前で長く立ち止まっていた。四千六百円の木べら。さも購入を検討しているような面構えだが、実家暮らしの中鵜にはいますぐ要らないだろう。とうとうしびれを切らして、駆け寄って話しかける。

「ねえ、中鵜、これじゃ日が沈んじゃうよ。まだ見ないとだめ？」

「うーん、良いへらだからねえ、悩んでしまって」

木べらなんて使わないでしょ、今すぐこの店ではどうせ買わないでしょ。このパンフレット貰って行っておいて後でゆっくり悩めばいいじゃん。私は耳元で小さな声で告げる。

「うーん、じゃあ、他のも一通り見させて、そしたら行こう」

そうして中鵜は結局店員とそれらしく商品について語り合ったりしながら、閉店ぎりぎりまでゆっくり見て回って、千円ちょっとのてぬぐいを一つ買った。木べらは検討してまた来ます、と店員に伝えるのを見て、だから言ったではないか！　と怒りも込み上げてきた。空は既に夕暮れのピークの色をしていた。急かすように中鵜の二歩前を歩いたり、腕を組んで先に先に進めさせようとしていたがそれでもだめだった。このままではすっかり日が沈んでしまう。私は中鵜が回りきるまでの間、もはや商品を見ずに、スマートフォンで地図を表示させ、海岸まで何分かかるか調べていた。十四分。今出ればぎりぎり間に合うかもしれない。私に運転させてほしいと申し出ると、修理代って高いんだよ、と中鵜はそれを断った。

日が暮れかかっている。私は中鵜のあまりにも丁寧な運転の車の助手席で、もう大声を出したいくらいにやきもきしていた。車は牡鹿半島を走っている。さっきから、ナビで見ると港はすぐそこなのに景色はずっと林の中だ。

「海、見えないね」
「まあ、そういう道だからねぇ」
「どこまで行けば海見える?」
「ずっと、こういう道だからねぇ」

そんなのうそではないか。手元のスマートフォンで検索する限りでは、もう四度も海岸へ出る道を見逃している。次第に、先ほどの雑貨屋のふるまいからぜんぶ、中鵜がわざとそうしているような気がしてきた。海へ向かうにつれて中鵜の口数は減り、横顔がみるみる暗くなっていくのがわかったのだ。蠟燭の時と同じような気持ちがした。砂のようになっていく中鵜の瞳を横から眺めているうちに、夕暮れが見たいとせがむのはやめておこうと思った。夕暮れが見たい自分の気持ちよりも、中鵜の瞳のほうを大事にしたかった。しばらく無言のまま車を走らせて、十八時ごろになってようやく漁師舟の並ぶ漁港に車を停めて降りた。車を走らせている間に日はすっかり沈んでしまい、真っ暗な空にやけに黄色い月が浮いている。港には人ひとりおらず、腰の高さほどある大きな浮きがフジツボをつけて何個も陸に上がっていた。だんだん目が慣れてくるとその浮きは黄色いものと灰色のものがありそうだとわかってくる。息を吸うと濃い潮のにおいが膨らむ。あー、きたきた。と思う。夕暮れの海は見ることができなかったが、大きな海を目の前にすると、どうしても気持ちが大きくなって、力が込み上げてきて、なんだか唐突に走りたくなる。ちょっと走ってくるね、と中鵜に告げて防波堤の先まで走る。走りながら吸う空気は冷たくて、肺の輪郭が浮き出てくるようだ。切らした息を整えながら防波堤の端から海を眺める。海の暗さと空の暗さはちがう。空よりも、海の方が深く濡れて黒い。息を深く吸って吐く。暗闇が圧迫してきてちょっとこわくなったくらいでまた走って戻る。中鵜は同じ場所でぼーっと立ちっぱなしで待っていて、私を見るなり「満足したか」と言い、そのあとすぐに「帰ってきてくれてよかった」と言った。情けない声色だったが、微笑んでいるのか泣きそうなのか、暗くてよくわからなかった。帰りの車は潮風を浴びられるように窓を開けた。

「夕焼けの海、見たかったよね」

「うん」

「ごめんね、わざと遠回りして。蠟燭もそうなんだけど、おれ、たぶん、明るいものが消えるのを見るのが苦手なんだよ」

「うん、なんかそんな気がした、蠟燭の時とおんなじ顔だったもん」

「さっきさあ。走っていった伊智花があっという間に真っ黒な景色に飲み込まれたとき、海なのか伊智花なのかわからなくなってすげーこわかった」

「でも、すぐ戻ってきたでしょ」

「うん、すごいはやさで戻ってきた」

「戻ってくるから大丈夫だよ」

「うん。いやあ、すごい海のにおいだ」

「そうだね」

「春って感じした。おれ思うんだけど」

「うん」

「春だなあ、ってわかるのは昼間よりも夜の空気を浴びたときじゃない?」

「わ、たしかにそうかも」
「ね」
「うん」
「春だね」
「春だ」

春の海（二〇一九）

二〇一九年十二月。私は二十六歳になった。私は結局美術教師になることは無く、岩手に戻ってフリーペーパーを作る編集部で働いていた。風はないが、昼過ぎになっても空気が冷たい。天気予報もきょうの最高気温はマイナス二度だと言っていた。ちらちらと粉雪が降っている。私は凍り付いた路面をすり足のようにして急ぎながらあたりを見渡した。待ち合わせ場所に指定していた商店街の入り口で、葵さんは私を見つけると大きく手を振った。

教育学部で私が学んだ一番のことは「自分は教育者に向いていない」ということだった。大学三年になると教員免許を取ることに全身全霊を注ぐ人か就活に全力を注ぐ人に綺麗に二分されたが、私はそのどちらをもはたから見ていた。教育職を選ばなかった同期が地元に戻りたくないがため、血眼で仙台か東京での就職先を探すのを見ていたら、なんだかうすら笑えてくるような感じもあった。私は盛岡でいいや、と求人を見るも、中途半端に教員を目指していたような学生がつける職は多くなかった。スーパーマーケットの人事、保険会社の営業、自動車ディーラーの営業、介護職。新聞社やテレビ局もその中にあったが、非常に狭き門だと先輩から聞いたことがある。その中に、高校時代に見たことがあるフリーペーパーの名前があった。その冊子には最後のほうのページに美術館やギャラリーの情報が掲載されていて、そのチョイスがなかなか趣味のいいものだったので、時々手に取ってギャラリー巡りの参考にしていたのだ。詳細を見てみると、実際にはそのフリーペーパーを発行している印刷会社の社員として、編集部で働くようだった。応募資格に「イラストレーター」を使った作業ができること、とあった。幸いにも私は大学時代から趣味程度に少しずつソフトをいじり始めていたので、少しであればできる。結局ろくに他社を受けることもなくなんとかそこに入社した。名刺には「企画プランナー」という肩書がついた。耳だけで聞けば格好よさげだが、要するに営業と制作と編集のすべての業務と雑用をそつなくこなす役割だった。フリーペーパーの広告を売る営業をしながら、簡単な記事であれば取材をして文字起こしをし、写真などのレイアウトも自分が担当した。編集部には私を入れて五人の人間がいて、編集長を除いて皆女性だ。もともとは六人だったらしいが、会社の残業体質がひどいうえに育児支援制度があまりにもお粗末なので昨年二名辞めたのだと、営業のセリカさんが入社してすぐのお昼に教えてくれた。セリカさんは髪を明るめの茶色に染めていて、前髪をかきあげる癖がある。いつでも化粧がきっぱりしていて気さくだが入社八年目で、いま何歳なのかは知らない。

「伊智花ちゃん、だっけ。本気で将来のこと考えるなら、三十になるまでには辞めるつもりでいたほうがいいかもね。じゃないとほら、あたしみたいになっちゃう」

セリカさんは給湯室でスープ春雨の容器に熱湯を注ぎながら笑った。私は電子レンジの前でお弁当が回転するのを眺めていたが、不安になって振り向く。「じゃ、行ってきまーす」とセリカさんがスープ春雨を持ったまま外へ出ようとするので、「あの!」と呼び止めて、「あたしみたいになっちゃうって、どんなふうになるんでしょうか」と「どこ行くんですか」と、どっちを問うべきか迷っていると、セリカさんは人差し指と中指で煙草を吸うしぐさをしながら「吸えるとこ減ってんの、あー世知辛い」と笑って出て行った。セリカさんがバツイチの三十六歳であるということは、その数ヵ月後に制作の三谷さんが教えてくれた。


「三月に出る四月号は震災の特集にしようと思う。お土産の特集、最近できたばかりの飲食店の特集はいつも通りの枠組みで進行するとして、目玉の特集は震災後もがんばる輝く女性たちの特集がいいと思ってる。だれかいい取材対象者のアテがあったら教えてほしい」

と、今年最後の会議で編集長は言った。皆何も言わないが、静かに息を吐きだすような空気であった。

「輝く女性、ってのはやめませんか。そういう言い方されるとオエってなっちゃいますし」

最初に口を開いたのはセリカさんだった。「もちろん、震災後になにか取り組みをされている方の特集をすることは賛成ですけど。輝いてますから、そもそも全員。『輝く女性』って言えば女性のこと応援した気になるかもしれないですけど、正直あたしが乗り気じゃないと協賛も募りにくいですよ。ね、性別のこと考えずに取材対象者選びましょう」

私も加勢しようかと言葉を選ぶうちに、三谷さんが「ああ！　それじゃあ」と言って指サックで資料をざばざば捲《めく》り出した。三谷さんはセリカさんと同い年で、とてもかわいらしい誌面づくりが得意なデザイナーである。セリカさんに言わせれば「年食ったちびまる子のたまちゃんみたい」な見た目で、私が入社した日「頼んだ右腕！　イラレいじれるのが私しかいないって終わってんのよ」と肩を組んできた。三谷さんは最新号の最後のページを指差して言った。

「それじゃあこの『夢中人特集』を拡大版にしてボリュームアップしたらどうでしょうか、あと六人でちょうど百人目の夢中人になりますし。レイアウトも今までのものを生かせる。本文の一ページ目から大きくレイアウトしてしまえば大特集っぽさも出ますよ」

結局は三谷さんのフォローにより、『夢中人特集』を拡大して震災関連のがんばる人を六人ピックアップすることになった。「三月の発行まで時間がない。伊智花ももう三年目だし特集の一ページくらい一人でいけるだろ、お前の同世代でがんばる若者なんていっぱいいる、誰か一名たのんだよ」と編集長は言い、私は久々に、いや、こんなに大きな分量の記事は初めて、取材を担当することになった。

安直だと思いつつ、検索窓に「震災　がんばる　若者」と打ち込む。ホタテの貝殻で震災応援への感謝の気持ちを伝える看板を作った高校生、被災地を定期的に訪れて歌唱を披露するオペラ歌手、震災を忘れないために当時の状況を語るボランティアの主婦、震災で両親を亡くしてレスキュー隊を目指す大学生、復興後の漁師町で若者によって開発され、全国的に売れているわかめと羊のゆるキャラ「わかめえめえ」、震災の日の集いのために集まって灯籠を作る学生ボランティア、海沿いに新しいシェアオフィスを作った起業家。次から次へと記事やインタビュー映像が出てくる。ざっと目を通しても、ほとんどが私と同世代だ。皆とてもまぶしい笑顔で将来の展望を話している。そのまなざしを見ていると、元気が湧いてくるような、気が変になるような、どちらものきもちがした。「被災者のみなさまのために」「一刻も早い復興のために」メッセージの一つ一つに目を通しているうちに、次第に私のまぶたのうらには高校時代に描いた滝の絵が思い出されてくるしくなる。私は未だに震災に対して捻くれてばかりいる。もっとシンプルに構え、努力したり協力したりしていれば、何ができたのだろう。花の絵をまた描けたのかもしれない。ボランティアに通うことができたのかもしれない。もう九年も経とうとしているのに、私はまだ自分のことばかり考えている。こんなにも同世代が頑張っているのに私は何もしていない、と思うと、同時にトーミが「かえせ。わたしの十代をかえせ」と言っていたことも思い出してしまう。そう思うとインタビューに答える皆がトーミのようにも見えてくる。どうしたらよかったのだろう。ここに載っているみんな、無理をしているのだろうか。それとも私が逃げて楽をしすぎているのだろうか。誰がただしいのだろう。デスクに突っ伏すと、だれかが私の肩を摑んで揺らした。

「ちょーっと沸騰しちゃったんじゃないのお」

セリカさんの声だった。突っ伏したままぐわんぐわんと揺さぶられて、私は「ああ、ああ、ああ」と情けない声を出す。

「伊智花、あたしにはわかる、三月の特集のことだべ」

「はい、どうしたら誠意のある記事になるか考えると、迷子っていうか」

私は顔をすっかり伏せたまま答える。

「誠意って何に対して？　被災者？　読者？　伊智花自身？」

「ああ……いや、誰かに対してというより、全員に対してというか」

「それってまあ、誠意ってふりして、誰にも怒られたくねえってことだよ。伊智花、とにかく自分が読みたいものを書けばいいと思う。じゃ」

置かれた手がぽんぽん、と優しく背中をたたいて、足音が遠くへ行った。私は突っ伏して、手首に両目をぐりぐり押し付けたまま考える。「誠意って何に対して？」「誰にも怒られたくないし、誰かを傷つけたくない。でも、例えばそれは誰だ。自分よりも深く被災した沿岸の人？　いや、そうではないような気がする。私が被災のことを書こうとするとき、一番眉を顰《ひそ》めそうなのはだれ。怒りそうなのはだれ。怒られたくねえってことだよ」。確かに私は自分が震災のことを書くことによって誰に
はっとして顔をあげると、セリカさんはまた煙草を吸いに出ていったのか、部屋には誰もいなくなっていた。机にはチロルチョコがひとつ。セリカさんの丸っこい字で〈すきにしてヨシ！〉と書かれた黄色い付箋が貼ってあった。

私が読みたいもの、私が話を聞いてみたい人。検索窓を閉じてインスタグラムをひらく。ひとりだけ思い当たる人がいた。そのアカウントは@seaoiam7というIDで、ほぼ毎日海辺の写真をアップしているアカウントだった。フォロワーが三千人くらいいて、プロフィールには「rikuzentakata」と、魚の絵文字しか書いていなかった。大学時代におすすめのユーザーに出てきてフォローしてから、もう何年も見ているアカウントだ。私はその人の撮る海の写真が妙に好きだった。夕焼けの海、水平線、山と漁船、等間隔に置かれた浮き、愛想のわるそうなうみねこ、曇天の海、たくさんの牡蠣、漁師に持ち上げられるわかめ、昼の空と海、真っ青なズボンを穿いた漁師の後ろ姿。そのどれもが全く浮かれておらず、日々の営みという感じがした。うまく言葉にできないが、この人の撮る海はどんな天気でも、どんな時間でも、いつでもうるうる濡れているのだ。それは生命力、と言うにはすこしほの暗く、そのほの暗さが好きだった。私が中鶫と夕暮れの海を見たいと思ったのも、この写真のことを覚えていたからだ。このアカウントの投稿には、日付以外のコメントがない。ただ、毎日朝七時ごろになるとストーリーズに縦長の海の動画と、「きょうも朝です」の文字が投稿された。推測することしかできないが、プロフィールの通り陸前高田にいる人なのだろう。私は意を決してダイレクトメッセージを送ることにした。

@seaoiam7 様

突然のご連絡、驚かせてしまったらごめんなさい。
私は雨林館印刷株式会社で「情報誌Ｐｕｉ」を制作しております、加藤と申します。弊誌にて、二〇二〇年三月号で沿岸の特集をしようと考えており、もし可能でしたら取材させていただきたく、そのお願いです。
個人的に、@seaoiam7 様の投稿をいつも興味深く拝見しております。@seaoiam7 様のお撮りになるどの写真にも、加工した鮮やかさではなく、ただそこにある海の暮らしがそのまま映り込んでいるような感じがいたします。私は「震災特集号」でもあるこの誌面を、できるだけ正直なものにしたいと考えております。もし少しでもご興味があれば、取材日程、報酬、取材内容などの詳細についてメールでご案内させていただきたいです。ご検討よろしくお願いいたします。

雨林館印刷株式会社　加藤

@seaoiam7さんからの返信は、その日の帰宅中に届いた。

加藤さま

始めまして、藤巻葵と申します。この度はお声掛けいただきありがとうございます。ただ趣味として続けていたこのアカウントを見つけていただき、うれしいような恥ずかしいような。。。結構前からいいねしてくださっていますよね。情報誌Ｐｕｉの方だったとは。Ｐｕｉさんはわたしもたまに拝見します。実は学生時代絵を描いていたことがあり、Ｐｕｉさんはアートインフォメーションのコーナーの趣味が良いので、趣味の合う方が居そうだなあと思って見ていますよ。取材ですが、わたしにできることであればご協力します。年末になってしまい申し訳ありませんが、十二月二十八日、盛岡へ行く用事があり、夕方までは空いていますのでよかったらお会いしませんか。

今までも数度取材はしたことがあるにせよ、イベント情報やセール情報の、ひな形が決まった取材ばかりだ。ひとりで、それも人物の取材となるととても緊張する。陸前高田に関する予備知識は調べられるだけ調べて、彼女の投稿もほとんど網羅するほど再確認してきたが、何か抜けがあったらどうしようとあれこれ心配でたまらず会社を出るのが少し遅くなってしまった。急いで待ち合わせ場所に向かうと、葵さんらしき女性が白い息を吐きながら立っていて、私を見つけて大きく手を振った。

「すみません、おまたせしました」

「ああ！　こんにちはあ。よろしくお願いします」

その場で名刺を交換すると、葵さんの名刺には〈タケカツ水産　商品開発部　藤巻葵〉と書いてあった。

「えっ、タケカツ水産って、もしかしてあのタケカツ水産さんですか」

「あら、ご存じですか！　わたし実は『わかめえめえ』を描いた人なんですよ」

「わあ、『わかめえめえ』の方だったんですか！　すごいです。いやあ、すみません、不勉強でそうとも知らず」

「そんなことないですよ、あのアカウントじゃなんにもわからなくって当然です」

わかめえめえは、最近ストラップもできました。と葵さんが鞄についている小さなぬいぐるみのストラップを見せてくれる。緑色のもじゃもじゃの羊が目を細めて笑っている。私は内心、ラッキーだと思った。陸前高田について調べたときに「わかめえめえ」

のことはあらかた読んできた。復活したわかめの水産加工会社が購買促進のために復興助成金を活用して作ったキャラクター「わかめえめえ」はその愛くるしさで全国でも人気になり、「わかめえめえふりかけ」は新しい沿岸のお土産として定着している。わかめえめえはいつも笑顔で、「震災で傷付いた心にしあわせのわかめを増やす」という設定がある。「皆さんも陸前高田のわかめをたべて幸せな気持ちになってほしい」と、その記事は締めくくられていた。わかめえめえを作った若い女性のインタビュー。編集長もよろこんでくれるだろう。

さむいさむい！　と笑いながら逃げるように喫茶店に入店し、私たちは黒くてつやつやした喫茶店のテーブルをはさんで向かい合いながら上着を脱ぐ。葵さんは黒いダウンコートを脱ぐと黒いタートルネックを着ていて、長い髪をお団子にまとめて、想像以上に明るそうな人だった。私はコーヒーを、葵さんはホットレモネードを注文する。取材って緊張しますね、と笑ってから、葵さんは私の顔をまじまじと見て言った。

「加藤さん、生まれは九三年くらいですか？」

「えっ、どうしてわかるんですか」

「あはは、すみません、うちの五つ年下の夫が九三年生まれなんですけど、もしかしたら大体そのくらいかなあって思って」

「へえ！　ご結婚されてるんですね」

「ほとんど駆け落ちみたいなものですよ」

葵さんはわざとらしく、おほほ、と笑った。私が緊張しているのがわかって、笑わせてくれているのだろうと思った。その話は後ほど、ゆっくりたっぷり聞きますね。と言うと葵さんは笑ってくれた。念のためにボイスレコーダーを回してよいか尋ねると、葵さんはその代わりと言ってはなんだがノートに落書きをしながら話をしてもいいか、と言うので快諾した。向かい合って手ぶらだと緊張しちゃって、長電話でも紙とペンがないとそわそわするんです、と葵さんは言った。ノートを取り出すと葵さんは早速雪だるまの絵と、20191228、と書いた。コーヒーとホットレモネードが運ばれてくる。一口飲んでから、私はボイスレコーダーの録音ボタンを押す。

「それでは改めて、よろしくお願いいたします。今回は『夢中人』への取材、ということで。当初は写真のアカウントのお話をしていただこうと思ったのですが、わかめえめえのことも話題に入れられればと。むしろ、そっちが本題の方がいいかもしれないですね」

私が微笑みながらそう言ってアイコンタクトを取ろうとすると、葵さんはにこにこしながらゆっくりと言った。

「いやです」

ぎょっとした。え、と声を漏らすと、葵さんはにこにこしながらもう一度言った。

「それは、いやです」

「えっ、と。それは、どういう」

「わかめえめえが売れてから、新聞とかテレビとかこぞって取材をされたんだけど、なんだか気疲れしちゃって！　ほら、みなさんってどうしても、前向きで、挫折から立ち直る希望のメッセージが欲しいじゃないですか。それで、わたしなんかは特に千葉から子供のお絵描きボランティアがきっかけで移住して陸前高田の人と結婚して、でしょう。わたし、高校時代に少し絵を描いていただけで絵描きではないのに、移住した絵描きが震災復興のために作ったキャラクター、みたいなことを言われてしまうと荷が重くて。わたしがそういう役割としてインタビューに答えるのがわかめえめえの宣伝になることはわかっているんだけど。どうして移住しようと思ったのか、どういうきもちで、どういう思いでわかめえを作ったのか、わかめえめえからどういうメッセージを受け取ってほしいか。なんどもなんども同じ質問に答えているうちに、本当のことしか話していないはずなのに、まるでうそのきれいごとを言っているような感覚がしてきてしまって。自分のきもちにあまり負担をかけないようにしようと思って、最近はキャラクターを作ったわたしじゃなくて、販売担当に取材を受けてもらうことにしたの。今回、加藤さんが『震災特集号だけど、この誌面をできるだけ正直なものにしたい』っておっしゃっていたのがなんだか胸に刺さって。写真の話ならしたいなあって思って引き受けたので、わかめえめえの話ならお引き受けできません」

私は狼狽《うろた》えて咄嗟に「あ、ああ。そうですよね」と答えたが、本当にそうだとわかっていたら「わかめえめえを本題に」なんて嬉々として言わなかった。海の写真よりも、わかめえめえの話の方がコンテンツ力が強いと判断をした自分がいた。なんてことを言ってしまったのだろう。わかめえめえの取材ができると思い、「ラッキー」だと思った私の何が「誠意」だ。頭が真っ白になった。手汗をかいているのがわかる。どうしよう、何か、謝罪か、次の言葉を。心の中で自分を責めながら葵さんのホットレモネードに浮かんだレモンの薄切りをじっと見て、セリカさんの黄色の付箋を思い出す。〈すきにしてヨシ！〉。

「葵さん、ごめんなさい。記事としてうけるんじゃないかって咄嗟に思ってしまいました。でも、わたしはこの記事を、だれよりもわたしが、納得するようなものにしたいと思ったので取材のお願いをしたんです。わたしも『聞いた方がよさそうなこと』じゃなくて、『聞きたいと思ったこと』を聞くので、葵さんも『そう答えたほうがよさそうなこと』じゃなくて、『言いたいと思ったこと』だけ教えてください。改めてお伺いします、」

葵さんは私の目を見ると、しずかに笑ってうなずいてくれた。私はボイスレコーダーを停止し、それを削除してから、深く息を吸い、もう一度〈録音〉の赤いボタンを押した。

九十七人目の『夢中人』は、毎日陸前高田の海を記録するInstagramアカウント@seaoiam7さん！　@seaoiam7さんは二〇一五年から陸前高田で暮らし、その移ろいゆく四季や時間の中で撮影した海の写真を毎日Instagramに投稿しています。夕焼けの海、水平線、山と漁船、曇天の海、牡蠣やわかめ、真っ青なズボンを穿いた漁師の後ろ姿。そのどれもが偽物の鮮やかさではなく、淡々として美しい日々の営みの空気にあふれています。@seaoiam7さんはさまざまな海の中でも特に「春の淡い朝焼け」と「曇天の海」が好きなのだそう。「白っぽいグラデーションの景色に落ち着くのかもしれません」と笑顔で答えてくれました。「海は好きですか？」

と尋ねると「海だけではなくて、水辺にいると落ち着きますよね。旅先でどこかに長く滞在することがあっても、必ず散歩で行ける距離の川や池や海の場所を地図で探してしまうんです」と教えてくれました。

もうすぐ震災から九年。震災後に関東から移住してきた @seaoiam7 さんは毎年陸前高田の暮らしを重ねていくにつれて「この土地の人の抱える悲しみに同化しないといけないと移住した時は思っていたけれど、いまは同化したいと思っている自分がいる。震災当時関東の大学生で何一つ不自由せずに友達と遊んでいた日、ここにいた人がどんな暮らしだったのかわかるにつれて、あの日笑顔で遊んでいた自分を責めたくなってしまう」と言います。「いまでも底引き網で人の骨が見つかったり、写真が入ったお財布が見つかったりということがあるんですが、だからといってここ（陸前高田）のみんなは、悲しみが湧き上がるという感じではないんです。ああ、今もあるんだねえ。ってかんじ。わたしは移住することで誰かを笑顔にしたいとか、幸せにしたいというよりもここで淡々と暮らすみなさんと添い遂げたいと、ただただそう思っています」。

@seaoiam7 さんは毎朝七時ごろ、Instagram のストーリーズに「きょうも朝です」と書かれた海の動画を投稿しています。「海って青いイメージがありますが実際は灰色か白、その間みたいな色もあるんです。同じ色の日はありませんよ」と微笑む@seaoiam7さん。みなさんもフォローして、海の朝に思いを馳せませんか。

「聞いたぞ伊智花、お前これ『わかめえめえ』の人に取材できたのに名前すら出してねえじゃねえか。このアカウントだってインフルエンサーってほどフォロワーが多いわけでもなし……」

書き上げて提出した翌朝、編集長に呼ばれて行くと案の定の文句だった。編集長は左手に持った原稿に、右手のボールペンをなんども打ち付けている。

「編集長、『わかめえめえの人』じゃないんです。葵さんは、葵さんなんです」

「しかし……」

目くばせすると、三谷さんが大きく出力した紙をもって駆け寄ってくる。

「編集長、でもほらこれ見てくださいよ、この表紙を採用しないっていうのはあまりにも惜しいとおもいますけどねえ」

差し出された紙は「Pu・i四月号」の表紙の校正刷りで、そこには葵さんの撮った春の淡い海の写真が大きく載っている。取材の後、書き終えた原稿を見せたら、葵さんは「正直な記事にしてくださってありがとうございます」と喜んでくれて、今までの写真はどれでも自由に使っていいと言ってくれたのだった。

「表紙に力のある写真が置ける号って、クライアントからの評判もとってもいいから、広告、売れるんですよねえ。編集長、それに」

近づいてきたセリカさんが追い打ちをかけようとすると、編集長が両手を振って立ち上がった。

「わーかってるって。Ｐｕ・ｉは『ちちんぷいぷい』の『ぷい』、フリーペーパーな分、大きなメディアじゃ取り上げられないような話題も自由に取り上げられるのがうちの強み。いっちょ、四月号は伊智花の記事をメインにするべ」

よっしゃ！　ぐっと拳を握るとセリカさんと三谷さんが肩を組んでくれる。私はこういう仕事ができるんだったら三十を過ぎてもここで働いて「じゃないとほら、あたしみたいになっちゃう」と言うのも悪くないな、とちょっとだけ思った。

鴨しゃぶ（二〇二〇年）

二〇二〇年一月。仕事始めの日の夜に、セリカさんから呼び出された。鴨しゃぶをおごるから、会ってほしい男がいるのだとセリカさんは言った。彼氏ならいますよ、と返すとそういうんじゃなくて仕事の話だよっ、とセリカさんは八重歯を見せた。

はじめて会うその男は松田という名前で、私よりもふたつ年下の二十四歳だった。名刺を交換すると有名な広告代理店勤務だったので私は少し身構えた。釜石出身で、今は東京の会社に勤めているが久々に帰ってきたタイミングだという。丸みのある髪型は前髪をセンター分けにしており、シティーボーイっぽい。その小憎らしさに、私は初対面の彼を心の中では「松田」と呼び捨てにしようと決めた。スーツがよく似合う細身の長身で目鼻立ちも良くはきはきした彼は「セリカさんには学生のときからお世話になってるんすよ」と言ってはにかみ、「そんなことも言えるようになったの！　すっかり大人じゃん」とセリカさんは松田の肩をたたきながら喜んだ。私たちはジビエ料理の小さな店で鴨しゃぶを囲むことになった。まだメニューも見ていないのにセリカさんは赤ワインを一本オーダーして、高いんじゃないかとおびえる私に「ここは良心的で、赤ワインがいちばん安くておいしいんだよ」と告げた。店主は熊のように髭もじゃの男で、この店で出しているのは全部おれが仕留めたんだと言った。お通しのポテトサラダをちびちび食べながら鍋を待つ。なんとなく間が持たず、壁から鹿の骨格標本が顔を出しているのを見ていると、松田は「鹿っておとなしくて賢そうな顔してますよね、骨だけでもわかる」と言った。

ひらたけ、根のついたせり、うすく切ったセロリ、白菜、豆腐、えのき、細切りした大量の葱。鴨は厚めに切ってあり、湯に入れると赤い肉の色がひらひらとピンク色にかわる。店主に言われた通り葱を鴨で包んで食べると、驚くほどおいしかった。松田も「これは、めちゃくちゃに」。うまい、と言わずに、うまいという顔をした。かわいいやつだな、と思う。会って数分の私がそうなのだから、セリカさんはかわいくて仕方がないだろう。私は箸を何度も鍋と往復させながらセリカさんと松田の顔を交互に見る。大学時代の同級生が今何の仕事をしているだとか、そういう話で二人は盛り上がっていた。

「伊智花さんは、学生時代何のサークルだったんですか」

話に入れない私を心配してか松田がそう尋ねてくる。

「いや、特になにも。デパ地下でコロッケ売るバイトばっかり」

「サークルじゃなくても、何か趣味があるんじゃないですか」

「松田、当ててみ？　伊智花、何してそうにみえる」

「やめてくださいよセリカさん、どうせオタクっぽいこと言われるんですよ」

「うーん。デッサン、とか」

松田の一言に、セリカさんが鍋に鴨を入れようとしていた手が止まる。私も思わず息をひゅっと飲み込んでしまった。会社に入ってから、ちょっとしたイラストや風景画を描けたら外注せずに済んで制作費がかからないかもしれないと思い、久々に絵を描く練習をしていたのだった。

「えっと、デッサン、ちょっとしてます。色鉛筆も最近買ったりして」

「松田すごいよ、なんでそう思ったの？」

「なんとなくですけど、さっき鹿の骨を見ているときの伊智花さんの目の、温度っていうか、空気っていうか、それが絵描いてるときの姉ちゃんと似てたんで」

「お姉さん、絵を描かれるんですか」

松田にそう聞いた瞬間、セリカさんの顔が引きつった。

「ああ、いえ、姉は震災で亡くなったんです」

松田はたっぷりの葱を鴨で巻き、あーん、と大きな口へ放り込むと咀嚼しながら「あ、へんなふうひに」といい、赤ワインで飲み下して「すみません、へんな空気にするつもりはないんですけど、僕がっつり震災くらってるんです、ははは」と言って笑った。その笑顔があまりにも自然なものだったので、私も「大変なことを聞いてごめん」のような謝罪をしそびれてしまった。

「姉は人の絵を描くのがとても得意でした、僕もよく練習台にされて。なんどもなんども、見ても見ても見たりない！　って感じでこっちを見るんすよね。何にも悪いことしてないのに、自分が今までにした悪事が全部ばれてしまう、みたいな、なんつうか、はらはらするって感じ。そういう目があったんで、デッサンって言ってみたんですけど当たっちゃうとは！　セリカさん僕ここまで当てたんだからなんかピタリ賞くださいよ」

セリカさんは、そんじゃあ……と鴨のローストを追加で注文した。松田がお手洗いに立つと、二本目の赤ワインを注文してセリカさんが切り出した。

「伊智花さ、うちの編集に中途で松田入れないかな」

「え、うちの編集って、Ｐｕｉにですか」

「そう、今日は実は伊智花にその相談をしようと思って」

「相談ったって、私に人事の権利無いですよ」

でも、入れたいと思う味方はひとりでも多い方がいいじゃんか、とセリカさんは甘えるような口調で言った。そんないきなり、と言おうとすると松田が戻ってくる。

「伊智花ちゃんはもうちょっと、かわいげを覚えたほうがいいっ」

セリカさんは私が松田を前に文句を言えないのをいいことに、いーだっ、といじけて見せる。松田はおお、二本目のワインが来ましたか、と言いながらセリカさん酔ってますか。とからかう。酔ってないよおっ。酔ってますよ。松田、煙草持ってる？ 僕もう吸うの止めたんで持ってないです。しけてんなあ。煙草切れたしコンビニ行ってくる！

セリカさんは分厚いファーのついたダウンコートをひったくるように椅子から取って羽織り、財布だけ持って赤い顔で店を出て行った。

「げ、セリカさん携帯置いてってますよ、僕これ追いかけたほうがいいすかね」

「いや、酔っぱらうといつもこんな感じだから大丈夫だと思う。煙草とチョコかなんか買って、喫煙所でありったけ吸ってけろっと帰ってきます」

「セリカさん、パワーがありますよね。僕が学生の時と全然変わらない」

「そういえば松田さんってセリカさんと何のつながりが」

「僕が震災遺児の奨学金をもらったときに、Ｐｕｉの四月号の特集で取り上げられて、その時の担当がセリカさんだったんすよ」

「えっ、セリカさんって記事も書いてたんだ」

「記事を書くことはめったにないけど、編集長に頼み込んで僕の記事はセリカさんが書くことになったって言ってました」

「そうだったんだ」

「その時の記事、とても反響があって。反響がありました、ってお礼のメールしてから何度かお会いしていて。僕が社会人になってからはフェイスブックのつながりだけですけど」

「それで、うちの編集に……？」

「ええ。ああ、なんだ、もうそこまで話がいっちゃったんすか。まずいなあ。セリカさん、僕が半分冗談でＰｕｉに行こうかなって言ったらかなり本気になってしまって。伊智花さんにも気を遣わせてしまってすみません。三月で今勤めている会社を辞めることにしたんです」

松田はセリカさんの空いたグラスに赤ワインを注ぎながら、気恥ずかしそうに言った。

「お給料いい会社でしょうに」

「はい、僕にはもったいないくらいでかい企業なんすけどね」

松田から受け取った名刺のことをもう一度思い返す。松田は鍋の底からばらばらになったえのきを一本ずつ箸でつまみ上げながら話し出した。

「震災の時、僕だけ中学の野球の練習で高台にいたんすけど、祖父母と母と姉は海のすぐそばの家にいて、父は消防の仕事をしていて。大変なことになったと実感した時には、家の住所のあたりがごっそりなくなっちゃってて。親戚の家で引き取ってもらって、大学の学費も奨学金をもらうことができて、めちゃくちゃ勉強して今の会社に入ったんすよ。広告の会社ならいつかこの津波の怖さを伝える仕事ができるかもしれないって思って。東京に来てから震災で家族を亡くしたと言うと『かわいそう』とか『つらかったでしょう』って言ってくる人相手にも、むかつくとかなんだこのやろうとか、そういうのなんにも思わなくって。だって僕にはこの現実しかないんすから。大学で初めて地元を離れて盛岡に来た時、びっくりした。みんな家族がいて、みんな家があって。釜石にいたときは誰もが何かなくしていて、どこかで連帯感があったというか。それが、僕の方がイレギュラーなんだって痛感してしまって。それを認めたくなかったのか、二年からは被災地のボランティアにもたくさん通いましたよ。『意識高い』『就活対策のボランティアだ』とか陰でずいぶん言うやつもいましたけど、どうしてそんなことが言えるのか全然わからなかった。それでも、とにかく『だれにも同じような目に遭ってほしくない』とばかり思っていて。でも実際はなかなかそうもいかないっすね。会社に入ったら毎週末ショッピングモールでヒーローショーとか、握手会とか、そういうものの設営と運営。もちろん楽しいんですけど、土日に家族連れが楽しそうに集まるのを何度も何度も見ているうちに、僕何したくてここに入ったんだっけ、って思って。それで、辞めて岩手に帰ろうかと、って上司に相談したら。はは。なんて言われたと思います」

なんだろ。赤ワインを口に含みながら続きを促すと、松田は顎を真上にあげて鹿の骨を見上げてから、こちらを向いて言った。

「震災でちやほやされてたか知らないけど、折角震災採用なのに辞めたら後悔するぞ」

「ちやほや……」

信じられない、という言葉すら出てこず、眉間に力を入れながら松田を見つめ返した。

「そう、ちやほや。ああ、僕が『かわいそう』で『つらそう』だからみんなにちやほやされていると思っていたのかあ。それで、この会社に入れたのは僕が『被災者』でそれを入社させることが企業の社会貢献だと、少なくとも上司に思われていたんだって。そしたらなんか笑えて来ちゃって、辞めるための背中を押してもらえました」

松田がかき集めたえのきを今度はポン酢からつまんでちびちび口に運ぶ。

「辞めて正解だよ」

「やっぱそうすかね」

「正解だよ、正解！　でも、だからといってうちの会社に入るのがおすすめかというと、それも難しい問題だけど」

「あはは、給料低いんすよね。セリカさんから嫌というほど言われましたよ。でも、ついこないだ震災のいい記事書いた若手がいるから一回会わせたいって言われて。セリカさんはなんとか僕を入社させようとしてくださってるんですけど、実は別の会社からも引きがあって、だから、無理にって話じゃないんです」

「そう、それならよかった」

「セリカさん、伊智花さんの記事べた褒めしてましたよ。僕もはやく読みたいな」

「そう言ってもらえるとうれしい、けど、難しいね、やっぱり。うちみたいなフリーペーパーでも、新聞でも、テレビでも、数時間取材したくらいじゃその人の一面だけしか照らし出せない。気を抜くと自分の中の『そうあったらみんながうれしいよね』っていう感動秘話に取材相手を乗せたくなってしまっていることに気が付いて。すごく恥ずかしい話だよ。松田さんもたくさん取材されて嫌な思いしたりしなかった？」

「うーん、そうっすね。結構いろんな人から『メディアは自分たちの台本を持ってきて、厭らしくて大変でしょう』みたいに言われるんですけど、僕、そんなに難しく考えていないっていうか」

最後の一杯、飲みます？　松田がワインの瓶を傾けるしぐさをする。ああ、じゃあいただきます。松田が瓶の底をすっかり天井に向けて最後の一滴まで注いでくれる。「酒は一滴でも残すともったいないから最後はこうしろって、会社の飲み会で叩き込まれたんすよ。ほら、体育会系な業界なんで」と笑うので、私は笑うに笑えない顔になった。松田が自分のグラスを持ち上げて蛍光灯に透かしながら言う。

「赤ワイン飲むと吸血鬼のきもちになりません？　血みたいで」

松田さん酔ってる？　酔ってませんよ。酔ってるんじゃないの。セリカさんと一緒にしないでください。松田は、では！　と短く叫ぶと、ワインをすべて飲み干した。

「はあ。生きてるなあ」

松田のその声があまりに間抜けだったので、私は思わず噴き出した。

「ほんと、生きてるなあって思うんすよ。いろんな人が僕の人生のこと勝手に感動したり、感動してる人に怒る人が居たり、忙しいすよ。僕はただ暮らしているだけなのに。確かに僕の人生は感動物語として消費されてしまっているかもしれない。でも、考えてみると、ある日突然家族も家も全部なくしてしまった僕は、もうどっちみち美しい物語を歩むほかないんじゃないかって思ったりするんすよ。何を目指しても、敗れても、どうあがいても感動物語にしかならないんですもん。そういう僕が何を言っても『きれいごと』に聞こえてしまうかもしれないですけど、僕は何度だって言えますよ。どれだけ陳腐だって言いますよ。『人は何かを失わないと気が付けない』『家族がいるってそれだけで幸せだ』『一日一日に感謝して生きろ』って」


松田のまっすぐなまなざしに、身動きが取れなくなってしまった。いままでの自分が全部恥ずかしかったような気がしてきて、私もワインを飲み干す。

「きょう松田さんに会えてよかったです」

「それなら僕もよかったです」

見つめ合い真剣な表情をしているところに、からからからから！　と店の戸が開いた。あ、帰ってきた、と松田がつぶやいた。

「凍死するっつうの！」

戻ってきたセリカさんの鼻の頭と耳と頰は真っ赤だ。コンビニは近いと思っていたのに、近くのコンビニにはアメスピのターコイズがなかったので、もう一つ遠い方まで行ってきたらしい。

「凍え死ぬ前にかわいいあんたたちにと思って、ほい」

セリカさんはコートのポケットからふたつのチロルチョコを出して私と松田にひとつずつくれた。

「わあ、伊智花さんの言うとおりだ。ほんとにチョコ買ってきたんすね」

松田がくっくっく、と笑うので、でしょう、と得意げな顔をする。寒がるセリカさんに店主がしゃぶしゃぶしゃぶの汁で雑炊を作ってくれた。鴨の出汁がじゅわっと染みていておいしい。ここの鴨しゃぶ、最高ですね。と言うと、

「うまいものをたべる。人と会う。それが生きるってことよ」

とセリカさんが言うので、私と松田は顔を見合わせて笑った。

黒板（二〇二一年）

二〇二一年二月。

〈世界がすっかり全部ロマンチックになってしまった！〉

と、一文だけ。もう二、三年もほとんど使っていないフェイスブックのメッセンジャーに〈崎山冬海〉という人からメッセージが届いた。二十三時半。布団の中でユーチューブを見ていた私のスマホ画面の上部に「世界がすっかり全部……」とだけ通知が表示されたので、何かのスパムメールかと思いおそるおそる開いて文字を追った。「世界がすっかり全部ロマンチックになってしまった！」と書いてあり、その下には打ち込み中を示す三点がぴこぴこ揺れていた。この人はまだ私に何かを送ろうとして、今まさにそれを打ち込んでいる。こわい。なに。誰。咄嗟に「崎山冬海さんからのメッセージを受け取りたくない」を押そうかと思ったが、こういう突飛なことを言う人に妙な心当たりがあり、よく考えるとトーミだった。そうだ、トーミは冬海という名前だった。崎山という苗字はこのときはじめて知った。ニューヨークでの三年間の留学のうちに中国人のボーイフレンドができて、日本語教師の仕事をしながら引き続きニューヨークで暮らすことにした、と二〇一九年の暮れに知らされて以来、トーミとは連絡が途絶えていた。ラインを送っても既読が付かないので、便りがないのは良い便り、と思ってもう一年以上も経とうとしていた。

〈トーミ！〉いそいで返信すると〈いっちゃん久しぶり！　携帯をタイムズスクエアで盗まれてしまってから連絡しようにも連絡先がずっとわかんなかったんだけど、フェイスブックで調べればいいじゃん！　って今更気が付いて連絡したよ。でも、タイムズスクエアで携帯盗まれるってちょっとかっこいいよなって思っちゃったじぶんもいたし、なんなら結構いい思い出。いやあ、会えない世界って言うのはロマンチックだよねやっぱ。やっほやっほー、いっちゃんと話すの本当にひさしぶりでうれしい！〉と、一瞬でものすごい量のテキストが返ってきたので思わず笑った。久しぶりの連絡だし、いまからズーム飲みでもしましょうよとトーミはすぐにURLを送り付けてくる。〈いや、私もう布団の中だよ。日本はそろそろ日付が変わろうとしている時間ですよ〜〉と送ると、トーミからまたすぐに返信がきた。

〈ふぐすまも日本なんで、二十三時半ですよ〉

えっ。思わず布団から上半身を起こして、両手でスマホをがっしり摑む。〈帰ってきてたの〉〈帰ってきましたよ、これ以上世界がロマンチックになる前に！〉

私のほうから「パジャマだしすっぴんだから音声だけでもいいか」と尋ねたくせに、トーミの顔を見たら今すぐ会いたくなってしまい、結局カメラもオンにした。眉毛くらいは描けばよかったか、とオンにしてから思ったが、トーミもほとんど寝る前のような顔だったのでお互いさまだった。思えばトーミが引っ越してしまってから、テキストでやり取りをするばかりで、顔を合わせることは無かった。五年ぶり？　改めて数えるとぞっとする。私がもうそろそろ二十八になり、トーミは二十六になるのだ。それぐらい経っていて当然ではある。トーミは黒髪のベリーショートにしており、少し太った。私はたいして大学の時と変わらない髪型で、そこそこ太った。「変わってないねえ！　って言おうとしたけど、お互いに変わってるっちゃ変わってるし、変わってないっちゃ変わってないね！」トーミは開口一番そう言い、ぱかっと笑った。パペット人形みたい。五年前もそう感じたことを思い出し、トーミはぜんぜん変わっていないと思う。

聞けばトーミは二〇二〇年の十月には日本に帰国していたという。新型コロナウイルスが蔓延《まんえん》してすぐの三月、ニューヨークがロックダウンとなる直前にトーミと暮らしていた彼氏が中国へ帰国した。「両親のことが心配だから」とトーミには告げたが、その前の週にスーパーマーケットで大柄の男に「中国ウイルス！」と叫びながら摑みかかられたのが原因だとトーミは感じているらしい。「あの人はとてもやさしいんだけど、時々自分と世界の輪郭があやふやになって、一人の人間で一つの大陸くらいのつらいことを背負ってしまうところがあったから」とトーミは寂しそうに笑った。二人で暮らしていた部屋でロックダウンの期間を過ごし、解除から数日経たないうちにコロナの不景気で日本語教師をくびになり、トーミも帰ってくるしかなくなったという。それは本当に、相当大変なことだったね。と眉を顰めると、

「んー、でもしょうがない。なるようにしかならないし、神様が振ったサイコロのことなら何を恨んでもなあって」

とトーミは言った。そっか。と答えてからすこし沈黙が続く。思えばトーミと私が話すときはいつも机の上になんらかの食べ物や飲み物があった。目の前にいるのに、目の前にいない。私はほんのりと顔に笑みを浮かべながら、何を話したらよいか必死に考えていた。椅子の上で体育すわりしているのか、トーミの胸の前には両膝が映っていて、両腕で抱えるようにしながらその左側の膝をぽりぽりかいていた。私はしばらくトーミが膝をぽりぽりするのを見ていた。トーミは時折「うーん」とか「そうだねえ」とか意味のないつぶやきを漏らして、それから口を開いた。

「でも、やっぱわたしこういう日のために医者になっていればよかったのかなあ、って

めちゃくちゃ思っちゃった！　日本語教師くびになった日の夜、なんか眠れなくて。くびになっちゃったなあ、とか、彼が近くにいなくてさみしいな、とかぼんやり天井を眺めながら考えてたの。そしたらどんどん暗いきもちになってきて、これからどうやってお金稼ごうとか、エッセンシャルワーカーの人たちの苦労のこととか頭に浮かんできて。（こういうときに、わたしは何もすることができない）って思った。そしたら、うわあってなっちゃって。わたしあのとき避難所で、絶対にそういう大人にならないぞって決めたのにって泣きそうになって。でもねいっちゃん、わたしそのとき初めてわかったの。（こういうときに、わたしは何もすることができない）って、思いはしたんだけど、声に出して言おうと思ったら言えないの。多分、本当はその先の言葉があるんだろうって思ってたくさん考えた。そうして最後に自分の口から出てきた独り言が『できることがあっていいなあ』だったの。世の中がめちゃくちゃになったときに、『今すること』がある人のことがうらやましいんだよね。わたしは日本語を教えることができるけど、今それをする必要はない。世界じゅうのいろんなことが『それどころじゃない』ってなったとき、夢中で打ち込めることがある人がうらやましくなるんだね。もちろん、大変だよ、大変な忙しさ、大変なリスク、そうなんだけど、自分のことに必死だからそんな風に思っちゃう。そしたら、あの時の床屋さんの夫婦だって、おんなじきもちだったのかもしれない。たくさんのひとの髪をたくさん綺麗にしてきたはずなんだもん、『何もできない』って本当はあまり思ってなかったんじゃないかなあって」

それで、と言うとトーミは画面の右下のほうに腕を伸ばし、何かを取り出した。

「これを見せたくて」

「うん」

「福島帰ってきたら、広報が届いたんだ。これ、いっちゃん見えるかな」

カメラに向かってずいと差し出された薄い冊子の表紙には、ぷっくりとした緑色の文字で「広報ふくしま」と書いてあり、その下には写真。博物館のような大きなガラスケースに、大きな黒い壁らしきものが展示してある。

「わかる？　これ、学校の黒板なんだけどね」

「黒板か」

「やっぱり見えにくいかあ。写真撮って送るね」

カシ、と音がして、すぐに写真が送られてくる。その黒板には「3－B最高！」と真ん中に大きく書かれてあり、周りに寄せ書きのように様々な言葉が並んでいた。

「これってもしかして、卒業のときの黒板？」

「そう。わたしが中学生の時の、わたしのクラスの、卒業式の黒板。新しくできた被災の伝承館に飾られることになったんだって。隣の3－Aの方が、絵を描くのが得意な子がいたから桜吹雪とかすごい力作で。でも、3－Aのほうにはがれきの撤去のボランティアの人たちが書き残していった『あきらめないで』とか『絆』とか『がんばっぺ福島』とか『希望をもって』っていう寄せ書きが上書きされてるんだよね。たまたま3－Bは粗大ごみの置き場になったから、黒板をそのまんまで残すことができた。わたし、この広報でそれを知ったとき、なんかちょっとだけ腑に落ちたんだよね」

「腑に落ちた？」

「そう。いっちゃん黒板の文字、読めるかなあ。一番手前の方にくだらないの書いてあるの見える？」

「どれだ、ええと、ああ『食パンのベッドで寝たい』ってやつ？」

「そうそう、それわたしが書いたの。将来の夢をみんなで書こうって言ってたはずなんだけど、わたしはそういうふざけ方をして」

あはは。トーミのやりそうなことだ。つい笑ってしまう。トーミは広報を改めて眺めながら、ゆっくりと言った。

「傷付くことができなかった、っていう、そのままで記憶として残していいんだ。この黒板みたいに。後からいろんな人の言葉や意味を加えられたものよりも、当時から何も変わらない、変わることができないでいるということを、分厚いガラスのなかに入れてもいいんだなあって。傷付くことができなかったこと、そのまんまわたしの大切な震災の遺構になるって、そう思えるような気がしたの」

「傷付けなかったことが、そのまま」

「うん。ずっと、だれなのかわからないだれかの目を気にして、傷付かなければいけない、傷付かなかった分、社会に貢献できる人間でなければいけないってがんばってた。わたしはいつのまにか『希望のこども』になろうとしてたんだよ」

「希望のこども?」

「うん。大きな喪失から立ち直るための、『若い』っていう明るさとか、癒しみたいな存在。子供って、それだけでとても未来みたいな存在じゃん。だから、だれもが少しでも明るい気持ちになりたい状況で、震災のときの子供ってみんな『希望のこども』としての役割を多少なりとも背負わなくちゃいけなかったんじゃないかな。わたしは自分がその役割や責任や注目みたいなものを喜んで背負い込むことで、自分の人生に納得しようとした。これ以上『わたしは何も失わなくてごめんなさい』って思わずに暮らせるんじゃないかって、思ったの。でも、あのとき子供だったわたしたちの黒板は、この後何が起きるか知らないそのまんまの姿でガラスの中にいる。あとからあとから余計な意味が付け加えられないように、守られながら、飾られている。それならわたしも、わたしのこの経験を、もうすこし胸を張っていていいんじゃないかって、思った」

へへ、とトーミが笑って、また左の膝をぽりぽりかく。私の脳裏には滝の絵が浮かんでいた。トーミ、私は高校生の時に『希望のこども』になることができなかったことを、どう思えばいいのかわからなくてずっとそのままにしているんだよ。話し出そうとしたが、トーミはまくしたてるように続けた。

「でもそれって。それってものすごい残酷なことだよ。ガラスに囲まれていなければ、どこにでもある当たり前の風景なのに。ガラスの中に閉じ込められてそこに『二〇一一年三月十一日』ってキャプションが付いたとたん、『特別な意味』になってしまうって、残酷。でもさ、わたしたちってもう、ずっとそのキャプションと一緒に生活するしかないでしょう。それなら少しでも、その『特別な意味』の中にもいろんな人がいて、いろんな人生があるってこと、知ってもらえるようにすればいいんじゃないかって思えるようになった。このままみんなが自分の経験を『もっと大変だった人もいるから自分に話せる資格はない』とか言って黙っているうちに、震災のことを語る人はどんどん減っちゃうし、震災のことを語るっていう一番たいへんな仕事を、結局震災の時一番つらかった人たちにお願いしちゃうってことでしょ。それって、最後まで、なんていうか」

「うん」

「なんていうか、それじゃあ納得しないんだ、わたしは」

「うん。そうだね」

「だから、これからは自分のことをすこしずつ話してみようかなって。もし昔の自分みたいに『自分の被災は被災とは言えないから』って言いそうな人にも、なんでも話してもらえるようになりたい」

「どうだろうか」。画面の中のトーミがまっすぐにわたしのことを見つめる。「とても、良いことなんじゃないだろうか」。私もカメラをまっすぐに見て言う。しばし見つめ合ってから、まじめな顔がおかしくて噴き出す。トーミは四月から福島で働くという。「いまはちゃんと人生がマイボールになってるから大丈夫。やれることをやれるようにやるしかない。『今やること』がないなら作るしかない。自分がいちばん納得するようにやるんだよ」と言って、おっ、いまなんかいいこと言った風じゃなあい？　と付け足して、トーミはまたぱかっと笑った。

桜（二〇二一年）

二〇二一年三月二日。

「伊智花、おまえもっと絵を描いた方がいいんじゃないか」

編集長がしみじみと表紙を眺めながら言う。私は十年ぶりに花の絵を描いた。

三月一日に発行されたＰｕｉ四月号のタイトルは「わたしの春」。外に出られなかった二〇二〇年、せめて次の春はぱあっと明るく桜満開で始めましょうよとセリカさんが提案したのだった。桜満開、とはいえまだ桜は咲いていないので撮影できない。

「イラストならこの画伯が描けまあす」

と、企画会議で三谷さんが勝手に私を推薦した。

「編集長、しかも、この画伯なら制作費タダでえす」

セリカさんも勝手なことを言う。結局「描きあがったものがたとえ思ってたニュアンスと違っても、この画伯なら描きなおしもお願いしやすいですし」と三谷さんが追い打ちをかけ、編集長の二つ返事であっさり私が描くことになった。描くことになった、と言いながら、正直まんざらでもない自分がいる。いつそういう日が来てもいいように、色鉛筆だって揃えていた。「ようやく色鉛筆の出番じゃないの」、会議を終えて廊下へ出ようとすると三谷さんが私の肩をつつく。色鉛筆を買っていることを松田と鴨しゃぶを食べた席でうっかりセリカさんに漏らしてしまったから、セリカさんがそれを三谷さんに話したに違いない。「画伯とかいって、タダ働きじゃないですか」と言い返しながら顔がにやつく。久しぶりに絵を描ける。しかも、表紙を覆うように大きく配置されるイラストだ。私はそれから毎晩、帰宅してから一生懸命に描いた。

色鉛筆だから、そんなに大きくはしないでおこうと思っていたのに、桜の絵は描き足せば描き足すほど大きく立派になった。花びらのひとつひとつに鉛筆を走らせながら、自分のからだがこの桜の幹と一体になるような、不思議な心地よさがあった。どこに何を描こうとか、考えているのは最初のうちだけだ。描いているうちに次の余白が私の指を吸い寄せる。ああ、ここだね。うん、次はそちらだね。無心だが、誰かと会話をしているかんじ。なつかしい、と思う。高校時代はいつも美術室に籠ってこんな風に絵を描いていた。絵を描いている間は体の芯でずっと青い炎が燃えていて、気が付いたら一時間も二時間も経っている。あの不思議な時間が夜のたびに再現されるようだった。いや。一時間、二時間どころではないような気がしてくる。もしかしたらこの十年間、この炎はずっと私の中で静かに燃えていたのではないか。

「ああ」

できた、と思ったら自然に声が漏れていた。大きな桜の木を見上げた構図。桜吹雪がこちらを目がけて降ってくる。色鉛筆でもとても力強い絵だった。太陽の光がたっぷり入っていて、花びらは風に乗っている。

「ああ」

絵を近づけたり離したりしながら見返して、笑ってしまう。ああ。これは、高校生のときに描いたニセアカシアの絵と、とてもよく似ている。あの日「希望の絵」として私が描いたニセアカシアに。しかし、不思議と嫌な気持ちはしなかった。前向きな気持ちになることができる絵。明るくて、顔をあげたくなるような絵なのに。「いまはちゃんと人生がマイボールになってるから大丈夫」。トーミのぱかっとした笑顔を思い出す。私の人生もマイボールになったということだろうか。ただ、時間が経ちすぎてしまって、もうあの日の悔しい気持ちを思い出せなくなってしまっただけなのだろうか。もし、そうだとしてもそれで構わないと思った。この絵で三谷さんとセリカさんはきっとよろこんでくれるだろうから。


「すげえ。伊智花、こんなに本気入れなくたってよかったのに、ねえ三谷」

「さすがにこれは制作費をお支払いするべきかもしれないですね」

翌日、絵を見せると二人は腕組みをしながらそう言った。画伯に頼んでよかったよかった、と三谷さんがうれしそうにデスクへ戻っていく。セリカさんはもうしばらく絵を見つめながら腕組みをして、眉間にしわを寄せながら言った。

「伊智花の絵ってすごいね。大げさじゃないのに、迫力があるっていうか。本当に見上げているような感じがしてくるもん。この桜の花びらも、空のてっぺんから地面までずーっと、花が降ってる。終わりがない祝福ってかんじだ」

目が一回りおおきくひらく。私はうれしくて、腕組みをしたセリカさんのことをまるごと抱きしめた。

「セリカさん。うれしい。わたしは、わたしの絵にずっとそんな風に言ってほしかったんです」

声に出すと、泣きそうになってしまって、泣きそうになってしまって、と思っていたらすでに泣いていた。「え、なになに、なんで、そんなに苦労して描いたの？」とセリカさんが動揺するので、私は泣きながら笑った。セリカさんが抱きしめ返して、背中をとん、とん、と撫でてくれる。抱きしめられながら呼吸を整える。セリカさんの肩越しに、窓の外が見えた。まだすこし涙で潤んだ視界のなかで、窓の外には立派な氷柱が並んでいた。太いものや、細いものや、長いものや、短いもの。さまざまに違った氷柱はみな透き通って春の光を通し、静かに水滴を落としはじめていた。春だ。

あとがき

この作品を書くまでわたしは震災のことをなるべく話さなくていいようにしてきたし、話すことがあれば、とても身構えた。震災について「語っていい」のは、それが許されるほど深い傷を負った人か、「進んで責任を負える人」だと思っていた。地震が起きた日、わたしは高校一年の三月だった。それから今に至るまで、特に学生時代は「本当にこれが祈りなんだろうか」と思うことがたくさんあった。思っていないことを言わされているような感覚があって、しかし、思っていることはうまく言葉にすることができなかった。「感謝」「絆」「がんばろう」とひな形のように言語化される以外の祈りの方法をわたしは知らなかったし、学生だった同世代は、おそらくみな教えてもらうことができなかったのではないかと思う。わたしは「被災県在住だが被災者とは言えない」という自分の立場のことをいつも考えていた。関東の人たちからは「がんばって」「つらかったでしょう」と眉を下げて言われ、しかし、沿岸の方の話を聞くと（なにも失わなくてごめんなさい）と思ってしまう。絶対にいつかこのやり場のない気持ちやもどかしさを書く、と、文芸部で短歌や俳句や随筆を書いていたわたしは思っていた。

震災後すぐの五月に沿岸を訪れた。道、というよりは、瓦礫をなんとか押しのけてできたけもの道のようなところを車でゆっくりと進んだ。地平に積みあがっているものは泥をかぶってすべてセピア色なのに、空だけが淡く水色なのが恐ろしかった。一度だけ、車を降りた。息を吸うと濃い海の匂いがした。その匂いが濃すぎて、ずっと口呼吸をしていた。涙が一粒だけ出た。なんの涙かわからなかった。この風景を見ていない人が何を言ってもにせものだと思ったし、ここに波が来るのを見ていないわたしが何を言ってもにせものだと思った。

被災のことを考えたり見たり聞いたりすると涙が出る。わたしは自分のその涙がいやだった。何も捧げることができないわたしが流す涙はおこがましいと思った。わたしは「震災もの」の作品や報道から自らを遠ざけるようになった。たまに触れる機会があれば、静かに目を閉じることしかできなかった。「絶対にいつか書く」という高校時代の決意は、次第に「書かなければと思う日が、書きたいと思う日が、書いていいと思える日が来るのだろうか」という、半ば諦めの、漠然とした願いのようなものになった。

二〇一六年ごろから、三月には必ず日記をつけるようになった。その日の自分が何をしていたか、うまく思い出せなくなっていることに気が付いたからだ。自分の身に起きたことは自分しか思い出すことができないのなら、それを残して何度も思い出すことが、少しでも（何かに対する）償い（だれのための？）なのではないか、と思い始めたからだった。書き出すと、そのときの違和感を上手く思い出せるようになった。残されるのは被害の記録ばかりだが、そのとき「言うほどではないけど」と書き残さなかったさまざまな感情があったことを思い出したのだ。書いていいのかどうかわからないし、書きたいのかどうかもわからないけれど、書くことでしか見えないこともあるのかもしれないとここ数年思っていた。二〇二〇年の夏に、「群像」の編集長から「書いてみませんか」とご依頼をいただいた。「わたしなんかが」と反射的に口に出たが、ようやく、書いてみたいと思った。

この作品を書くにあたり七名の方に取材のご協力をいただいた。取材にご協力くださった皆さんに心からの感謝を申し上げたい。七名の方は岩手、宮城、福島とゆかりがあり、皆わたしと同世代の二十代だ。以前から交流があった人もいれば、友人づてにご紹介いただいた方もいる。「あなたと震災のことで『言えなかったこと』『言うほどじゃないと思っていること』を聞かせてください。わたしはそれを作品にするかもしれないし、しないかもしれません」とご連絡した。すべての取材はビデオ通話にて行った。その当時どこにいて何をしていたか、それから、どういう経緯で今に至ったか。木で言うと、その幹のようなところを話し終えた後に「大したことじゃないんですけど」「そういえば」と続いていく話があり、その先をたくさん聞くことで、今回の作品が出来上がった。取材と呼ぶにはあまりに未熟で、どちらかというと一緒にお茶を飲みながら話すようなひとときだった。それでもその会話の中で、よりつらかった話を、より「濃い」話を聞き出そうとしてしまっていることにも気づかされ、強く反省をした。「話したいことだけを聞く」ために、仕切り直しをさせていただいたこともあった。取材ではボイスレコーダーは回さず、メモにも逐一は残さず、通話をし終わった後にわたしの中に残った声を書き起こした。五十頁以降の中鵜のブログの文面は、実際に書かれた「〇〇を忘れない。」の文章で埋め尽くされた記事を参照して、本人の許諾のもとで、物語上の創作を加えたものである。わたしは彼らとの会話の中で何度もうなずき、何度もうなだれ、何度も気づかされた。この作品の登場人物の人生に起きた「東日本大震災津波」という大きな出来事の、その、視界に収まりきらない大きさのこと。わたしたちは何を語ろうとしても「震災のあった人生」以外を選ぶことができないこと。そしてまた、皆これから先に「震災のようななにか」が待ち受けているかもしれない人生を生きるしかないことを思った。

書き終えて感じたのは「震災もの」なんてものはない。ということだ。多くの方が「話せるほどの立場」ではないと思っているだけで、二〇一一年三月十一日以降、わたしたちの生活はすべて「震災後」のもので「『震災もの』の人生」だ。どこに暮らしていたとしても、何も失わなかったと思っているとしても。だから、この作品は「震災もの」ではない。だれかの日常であり、あなたの日常であり、これからも続くものだと思う。

初出　「群像」二〇二一年四月号

くどうれいん（工藤玲音）

一九九四年生まれ。岩手県盛岡市出身・在住。著書に『わたしを空腹にしないほうがいい』（BOOKNERD）、『うたうおばけ』（書肆侃侃房）、『水中で口笛』（左右社）がある。

装幀　名久井直子
装画　狩野岳朗

氷柱《つらら》の声《こえ》

二〇二一年七月 七 日 第一刷発行
二〇二一年七月二一日 第三刷発行

著者――くどうれいん

発行者――鈴木章一
発行所――株式会社講談社
東京都文京区音羽二―一二―二一
郵便番号 一一二―八〇〇一
電話 出版 〇三―五三九五―三五〇四
販売 〇三―五三九五―五八一七
業務 〇三―五三九五―三六一五

印刷所――凸版印刷株式会社
製本所――株式会社若林製本工場

ISBN978-4-06-524128-8